www.ingramcontent.com/pod-product-compliance
Lightning Source LLC
Chambersburg PA
CBHW060443160726
47992CB00003B/1057

أورا

أرض الأرواح المنسية

سمير سيف

اسـم الكتـاب:	أورا: أرض الأرواح المنسية
اسـم المـؤلف:	سمير سيف
مراجعة لغـوية:	شركة دُنى لفنيات تقديم المحتوى.
الإخـراج الفـني:	شركة دُنى لفنّيات تقديم المحتوى.
تصميـم الغـلاف:	منى الموجي
رقـم الإيـداع:	2024/25347
الترقيـم الـدولي:	978-977-9600-65-9

أورا
أرض الأرواح المنسية

سمير سيف

إهداء

إلى حبيبة القلب ورفيقة الدرب، إلى زوجتي الغالية، لكِ يا من كنتِ دائمًا النور في أيامي، والسند في أوقاتي الصعبة.

إليكِ أهدي هذه الرواية، ليس فقط ككتاب كتبته بيدي، بل كرحلة نسجتها بقلبي. كنتِ ولا زلتِ مصدر إلهامي، النور الذي يهديني حينما تتشابك الأفكار، والقوة التي تدفعني للأمام. هذه الصفحات هي مرآة لما علّمتني إياه عن الحب، الصبر، والإيمان بأن النور دائمًا أقوى من الظلام.

أنتِ البداية والنهاية لكل حلم، ومعك، كل شيء يصبح ممكنًا. إلى أبد الدهر، أهديكِ هذه الرحلة، يا ملهمتي الأبدية.

الفصل الأول:

في جزيرة نائية، حيث تتشابك الذكريات مع الواقع، ويمتزج الظلام بالنور، يقف "عادل" على عتبة عالمٍ غامض يترقب مصيره. بعد حادث غريب يفقد فيه ذاكرته ويجد نفسه عالقًا بين عالمين، يقرر عادل أن يبدأ رحلة اكتشافه في جزيرة لا تُحكمها قوانين الزمن، مليئة بالأرواح، والألغاز، والخيبات. في كل خطوة يخطوها، يجد نفسه أمام صراع بين الخير والشر، بين الأمل واليأس. ماذا سيكتشف في أعماق هذه الجزيرة؟ هل سيكون قادرًا على استعادة هويته وتحقيق أحلامه؟ أم أن الظلام الذي يلاحقه سيظل يقيده إلى الأبد؟

قبل أسابيع قليلة، كان عادل يعيش حياة طبيعية نسبيًا، خريج كلية الحقوق طموح يحلم بمستقبل في المحاماة. كان يعمل في مضرب أرز لجمع المال لفتح مكتب محاماة خاص به. كانت الشمس قد بدأت تشرق على الأفق، معلنة بداية يوم جديد، وعادل يقف بجانب دراجته النارية، مستعدًا لركوبها نحو مصيره. ارتدى خوذته، وارتفع صوت محرك الدراجه البخارية في المكان الهادئ، وكأنه يحثه على الانطلاق.

وصل إلى طاحونة الأرز، حيث تنتظره تحديات جديدة. نزع ملابسه الأنيقة، التي كانت تجسد طموحاته في أن يصبح محاميًا، وارتدى ثياب العمل المتهالكة التي تعكس واقعه اليومي. كانت تلك الثياب رمزًا لصراعه الداخلي بين أحلامه ومسؤولياته.

بينما كان ينظم ملابسه، ظهرت شاحنة ضخمة محملة بأكياس الأرز، وصوت محركها يخترق الهواء. تحرك عادل بسرعة، حيث وضع السقالة على السيارة من جهة، وعلى التبة من الجهة الأخرى، يجهز نفسه للعمل.

بدأت يديه تنقل الأكياس الثقيلة، كل كيس يحمل آمالًا وتحديات جديدة. سكب الأرز في الحوض العميق المخصص لتبييضه، وشعر بالجهد يتسلل إلى جسده، لكنه لم يعبأ بذلك. كانت كل حركة يقوم بها تذكره بأهمية دوره في حياة أسرته. مع كل كيس يرفعه، كان يشعر بمزيج من الفخر والخجل، طموحاته تتصارع مع واقع الحياة، ولكن قلبه كان مليئًا بالأمل.

بينما كان عادل منهمكًا في عمله، كانت ذراعه تتأرجح بلا هوادة بين الأكياس الثقيلة، وفجأة، لاحظ شيئًا يتحرك من زاوية عينه. ظهرت فتاة جميلة من باب شرفة المنزل المجاور للطاحونة، وكأنها شعاع من النور في عالمه الرمادي. كانت تملك شعرًا طويلًا يتراقص مع نسمات الهواء، وعيونها الواسعة تحملان بريق الحياة.

رغم جمالها، كانت مشاعر عادل ما تزال في حالة سكون، كأنه يخشى الاقتراب من تلك المشاعر التي بدأت تتفتح كزهور الربيع. حاول التركيز على عمله، لكن عينيه لم تستطع أن تفلت منها.

نزلت الفتاة بخفة إلى حديقة المنزل، حيث بدأت في ري الزهور، مما أظهر لها جانبًا حيويًا. كانت تتحرك برشاقة، وكأنها تتحدث مع كل زهرة، تعطيها

لمسـة مـن الحـب والرعايـة. كان أخوهـا الصـغير، يقـف بجانبـها، يسـاعدها بحماس لا يتوقف، يركض ويضحك، مما أضفى جوًا من الحياة والبراءة.

عـادل لـم يسـتطع أن يمنع نفسـه مـن الابتسـام وهـو يشـاهد هـذا المشـهد. كانت علياء، كما أدرك لاحقًا، تتفاعل مع الزهور كما يتفاعل هو مع الأرز، كلاهما كان يسعى لتحقيق شيء جميل، مهما كانت الصعوبات.

بينما هو منهمك في سكب الأكياس في الحوض العميق، فجأة، سـمع صـوت اخوها ينادى بحماس: "علياء!"

توقف قلب عادل للحظة، وكأنه سـمع نداءً ساحرًا. الاسـم، "علياء"، خـرج من فم الصـغير كأنه تعويذة، وبمجرد أن نطق به، ضحك عـادل بفرح غير متوقع. كان الاسـم يحمل سحرًا خاصًا، وكأن مجرد نطقه يجلب له شـعورًا بالأمل والبهجة في يومه الشاق.

في تلك اللحظة، بدأ إدراكه يزداد عمقًا، كأنما فتح بابًا لعالم جديد. وجدت مشـاعره طريقـها للخـروج مـن ظلال الخجـل، وكأن ذكر اسمها كان بمثابة دعوة لبدء فصل جديد من حياته.

الفصل الثاني:

مع شروق كل يوم جديد، كانت لحظات ظهور علياء من شرفة البلكونة تشكل سعادة غير متوقعة في حياة عادل. كانت تتطلع إلى العالم الخارجي، وكأنها تستمتع بكل دقيقة، بينما شعاع الشمس يتسلل إلى شعرها الطويل، مما جعله يلمع كالذهب. في تلك اللحظات، كان يشعر بأن كل ما حوله يتوقف، وكأن الزمن يتجمد ليمنحه فرصة للاستمتاع بجمالها.

رغم ذلك، كان الصراع يدور داخله كعاصفة هوجاء. كان يحاول مقاومة تلك المشاعر المتنامية، فكيف يمكن لرجل يعمل في طاحونة أرز أن يفكر في فتاة جميلة مثلها؟ ومع ذلك، كلما رآها، كان قلبه ينبض بفرح غامر، يشبه شعور الأطفال في يوم عيد.

علياء لم تكن غافلة عن نظراته. بدأت تلاحظ اهتمامه، وكانت تتساءل في نفسها عما إذا كان يشعر بنفس الشيء نحوها. أحيانًا، كانت تطل من خلف النافذة، فتلتقي عيونهما في لحظات سريعة، تحمل معاني أكبر من مجرد نظرات. كان ذلك التبادل السريع كفيلًا بأن يجعل كل قلب كل منهما يرتجف.

مع مرور الأيام، بدأت علياء تولي اهتمامًا أكبر بالورود في حديقتها، فتغرس كل واحدة منهن وكأنها تعبر عن جزء من مشاعرها. كانت تمسك بساقها بحب، تنظر إليها كأنها كائنات حية تحتاج إلى رعاية، تمامًا كما كانت تأمل

أن تُزهر مشاعرها تجاه عادل. كل زهرة كانت تمثل أملًا جديدًا، وزيادة في الارتباط.

عادل، على الجانب الآخر، كان يراقبها بشغف، يتأمل حركتها كما يتأمل الفنان لوحته. كانت عيناه تتبع خطواتها، وكل لمسة منها للزهور كانت تحمل سحرًا خاصًا، ينفذ إلى أعماق روحه. كان يحس وكأن جمالها يتسلل إلى حياته، رغم أنه كان محاطًا برائحة الأرز والجهد اليومي.

ومع كل يوم يمضي، كان يتساءل: "هل لديه الشجاعة ليتجاوز حاجز الخجل ويعبر عن مشاعره؟" كانت تلك الأفكار تدور في ذهنه، وكأنها نغمات موسيقية تتكرر بلا توقف، محيرة ومثيرة في آن واحد.

ومع ذلك، كانت تلك اللحظات القليلة التي يراها فيها كافية لجعله يشعر بأن الحياة تحمل له شيئًا أجمل، وأنه يجب عليه خوض غمار هذه المشاعر مهما كانت التحديات.

بينما كان عادل يعمل بكل جد واجتهاد، لم تفوته نظرات زميله في العمل، أشرف، الذي كان يكبره بخمس سنوات. كان أشرف دائمًا يتطلع إلى عادل بفضول، مشاهدًا تفاعلاته الخفية مع علياء. ذات يوم، اقترب منه قائلاً بابتسامة ماكرة: "أراك تتأمل في شيء ما، أليس كذلك؟"

أحس عادل بالخجل، لكنه حاول أن يكون طبيعيًا. تردد في البداية، لكن أشرف كان مصرًا على معرفة ما يجري. بعد تبادل بعض الأحاديث،

استطاع عادل أن يفتح قلبه قليلًا، وروى له عن الفتاة التي تسكن الجوار. لم يكن متوقعًا أن يكون لدى أشرف الكثير من المعلومات عنها، إذ كان يعرف عائلتها جيدًا.

"علياء فتاة رائعة، وذكية جدًا. إنها تدرس في كلية الحقوق وتحب الزهور كثيرًا. دائمًا ما تساعد والدتها في الحديقة،" قال أشرف بلهجة تحمل فخرًا. شعور من الحماس اجتاح عادل عندما سمع ذلك، لكنه في ذات الوقت كان يشعر بقلق متزايد من مواجهة مشاعره.

رغم اهتمامه الكبير بها، كان خجله يمنعه من الاقتراب منها. كلما حاول أن يتحدث، كان يشعر وكأن الكلمات تختنق في حنجرته. وبمرور الوقت، أصبح هذا التردد يؤلمه أكثر.

قرر عادل البحث عن صفحتها على فيسبوك، أملاً في الاقتراب منها بطريقة غير مباشرة. استغرق الأمر بعض الوقت، لكنه أخيرًا تمكن من العثور على حسابها. كان قلبه ينبض بشدة وهو يراها، تبتسم في الصور بين الأصدقاء، وتظهر شغفها بالزهور والحديقة.

بشعور من التوتر والإثارة، أرسل لها طلب صداقة، وانتظر بفارغ الصبر الموافقة. كانت تلك اللحظة تحمل مزيجًا من الأمل والخوف، وكأن كل شيء يتوقف على تلك الخطوة الصغيرة. أدرك أن هذا ليس التصرف المثالي، لكنه شعر بأنه السبيل الوحيد للتقرب منها.

كـل يـوم كـان ينظـر إلى هاتفـه بتـوتر، يتسـاءل: "هـل سـتوافق؟ هـل ستلاحظني؟" كانت هـذه الأفكار تدور في رأسـه، تنسـج خيـوط من الأمل والخوف في آن واحد، لكن لا شيء كان يدفعه للتراجع.

في صباح أحد الأيام، بينما كان عادل يجلس في مكانه المعتاد، شعر بشيء غير اعتيادي يحدث. نظر إلى هاتفه فجأة، ورأى إشعارًا إنقض عليه كأنما كان ينتظره طيلة حياته: "علياء قبلت طلب الصداقة." لحظات من الفرح عمت قلبه، وكأنما زال عنه ثقل العالم. انطلق بسرعة إلى الدردشـة، وكأن كل شيء حوله قد توقف.

"أخيرًا!" تمتم في نفسه، وهو يفتح نافذة المحادثة. كانت السـعادة تغمره، فقد أُتيحت له الفرصة للتعرف عليها عن قرب، لتبادل الحديث مع الفتاة التي أثارت مشـاعره وأحلامـه. بدأت تتدفق الرسـائل بينهما كجدول مـاء متدفق، مليئًا بالاهتمامات المشتركة والمزاح الخفيف.

مع مرور الأيام، كانت المحادثات اليومية تتطور، وكان يشـعر بأن كل كلمة تُقـال تقربـه منهـا أكثر. كان يتعلم عنهـا أشـياء جديدة، مثل حبها للكتب والشـغف بـالفنون، وكانـت هي تكتشـف طموحاته وآماله. لكن بـداخل عادل، كان صراع آخر يتجلى، يتصاعد مع كل رسالة.

وفي أحـد الأيـام، خـلال دردشـة عاديـة، سـألت عليـاء: "مـا هـو هـدفك وطموحك في الحياة؟"

هنا، تجمدت أفكاره، وبدأت ذكريات تتدفق إلى ذهنه كفلاش باك. تذكر لحظة تخرجه من كلية الحقوق، وهو يتسلم شهادته، مشاعر الفخر تسري في عروقه. كان يحلم أن يصبح محاميًا كبيرًا، يدافع عن المظلومين ويقف في وجه الظلم، ويكون صوتًا لمن لا صوت لهم.

لكن سرعان ما عادت إليه الحقيقة القاسية، أيامه تمر سريعًا، وهو يعمل في طاحونة الأرز، بعيدًا عن حلمه الكبير. كلما نظر إلى الأيام التي تلت تخرجه، كان يشعر بأن الجدران تضيق حوله، وكأن الزمن يمضي وهو عالق في دوامة من الروتين.

تسللت مشاعر الحزن إلى قلبه، وهو يدرك أنه لم يقترب من تحقيق حلمه الذي كان يراوده منذ زمن. وعندما نظر إلى الشاشة، أدرك أن عليه أن يكون صادقًا مع علياء، وأن يُظهر لها الجانب الحقيقي من نفسه.

رد على سؤالها، كأن الكلمات تتردد في حنجرته: "أطمح أن أصبح محاميًا ناجحًا، وأريد أن أساعد الآخرين... لكن الأيام تمضي، ولا أزال بعيدًا عن تحقيق حلمي."

توقفت الكلمات في قلبه، وكأنها تعكس الصراع الذي عاشه طيلة تلك السنوات، مما جعل تلك اللحظة تجسد التوتر بين أمله ورغبته في التقدم.

أغلق عادل نافذة الدردشة بحزن ثقيل، وارتمى على سريره، مثقلاً بأحاسيسه المتضاربة، طموحاته الكبيرة تصطدم بالواقع الصعب الذي

يعيشــه، والــذي يبعــده عــن تحقيــق أحلامـه. لقـد قـرر أن هـذا الأسـبوع سـيكون الأخير لـه، وهـو قـرار يعني أنه لـن يسـتطيع رؤية علياء التي اعتـاد عليها يوميًا، وهذا الفقدان كان يثقل كاهله بشدة.

في اليـوم التـالي، ذهـب إلى العمـل مـع الأمـل في رؤية علياء فقـد تكون هـذه اللحظات الإثمن لعله لا يستطيع رؤيتها يوميًا كما أعتاد، ولكن لم تظهـر. انتابته مشاعر الضيق، وكأنه يغرق في بحر من الحزن والفراغ. كان يتمنى رؤيتها في كل صباح جديد، ولكنها لم تظهر أيضًا في اليوم الثاني على التوالي.

كلما مر يوم بدون رؤيتها، زادت الشكوك والقلق في قلب عادل. هل حدث شيء لعلياء؟ هل ابتعدت عـن الفيسبوك؟ أم أنها لا ترغب بالتواصل معه بعد الآن؟ كانت هذه التساؤلات تدور في رأسه، ولم يكن لديه طريقة لمعرفة الإجابة.

وفي هذا الفصل الجديد من صراعه الداخلي، بدأ عادل يتساءل عن معنى كل مـا كان يفعلـه. هل كانت محادثاتهما مجـرد لحظات تشـتعل وتخمـد بسـرعة؟ هل كانت علياء تراه كمجرد صديق عبر الإنترنت؟ أم أن هنـاك شـيئًا آخر يحدث يفسر غيابها المفاجئ؟

وفيمـا بين هـذه الأفكار والشـكوك، ظل عـادل يحـاول التعامل مـع واقعـه الصعـب، حيث أصبحت الأيام تمـر بـلا أمـل في رؤيـة علياء، وكأن الواقع يسحبه بعيدًا عن كل ما يتمناه.

في صباح يوم جديد كان مضرب الأرز مليئًا بأصوات الآلات والعمال. الأرز المتراكم في أكياس كبيرة ينتظر دوره ليتم تعبئته، والغبار المتصاعد يملأ الجو. جلس عادل وأشرف في زاوية بعيدة عن الآلات، حيث كان عادل يأخذ استراحة قصيرة بعد ساعات من العمل الشاق.

أشرف، الذي كان يعمل بجانبه طوال اليوم، كان يراقبه بصمت. كانت هناك أمور تشغل بال عادل، وكان أشرف يستطيع الشعور بذلك. شعر أنه الوقت المناسب ليشارك شيئًا كان قد أخفاه لوقت طويل.

"عادل، أريد أن أقول لك شيئًا لم أخبرك به من قبل." نظر عادل إلى أشرف، الذي كان يبدو شارد الذهن. "ما الأمر؟"

"عادل، علاقتك بعلياء تبدو معقدة، أليس كذلك؟" قال أشرف وهو يمسح جبينه من العرق.

نظر عادل إليه بتعب، وتردد للحظة قبل أن يقول: "نعم... الأمور ليست سهلة. أحبها، لكنني أشعر أنني أبتعد عنها مع كل يوم يمر. العمل هنا يأخذ الكثير مني، ولا أجد الوقت الكافي لها ولا لتحقيق أحلامى."

ابتسم أشرف ابتسامة حزينة، وبدأ يتحدث: "كنت مثلك تمامًا. كنت أعمل هنا ليلًا ونهارًا، أعتقدت أنني أبني مستقبلي ومستقبلها... الفتاة التي أحببتها. كنا نحلم معًا بحياة مشتركة، لكنني لم أفهم ما تحتاجه مني حقًا."

بدأ أشرف في رواية قصته بصوت هادئ، لكن كان هناك ألم واضح في كل كلمة نطق بها. "كنت شابًا مغرمًا بها. كنت أفعل كل شيء لأجعلها سعيدة، لكنني كنت غافلًا عن حقيقة واحدة. الحب ليس مجرد مشاعر، إنه التزام، مسؤولية، وفهم عميق بين الشخصين."

أشرف شرد للحظة وهو يتذكر. "كنا مختلفين. كنت أريد بناء مستقبلي، وكانت هي تريد أن تعيش في اللحظة. كنت أنظر إلى الأمام، بينما هي كانت تتوقع أن أكون بجانبها دائمًا، في كل لحظة. بدأت الأمور تتعقد عندما أصبحت طموحاتي تعيق وقتنا معًا. تدريجيًا، بدأت تبتعد."

عادل استمع بانتباه شديد، "وهذا كان السبب؟ اختلاف الطموحات؟"

هز أشرف رأسه بأسف. "كان ذلك جزءًا منه. لكن الحقيقة هي أنني لم أكن أستمع إليها كما يجب. لم أفهم احتياجاتها العاطفية، وكنت أظن أن توفير المستقبل هو كل ما تحتاجه. لم أدرك أن الحب يحتاج إلى تواصل مستمر وفهم متبادل."

"عادل"، قال أشرف وهو ينظر في عينيه مباشرة. "أنت الآن مع علياء، لكن لا ترتكب نفس الخطأ الذي ارتكبته أنا. لا تجعل العمل والطموحات تستهلكك بالكامل. علياء تحتاج إلى أن تشعر بأنك معها حقًا، ليس فقط جسديًا، بل روحيًا وعاطفيًا."

ابتسم عادل قليلاً، "لكنني أحاول أن أكون بجانبها، كما تعرف."

أشرف وضع يده على كتف عادل برفق. "أعرف أنك تحبها، لكن الحب ليس دائمًا في الأفعال الكبيرة. إنه في التفاصيل الصغيرة. في الاستماع عندما تكون صامتة. في تلبية احتياجاتها العاطفية حتى عندما لا تطلب ذلك بوضوح."

توقف لحظة ثم أضاف: "تذكر، الحب ليس فقط أن تكون حاضرًا في اللحظات الجميلة، بل أيضًا في اللحظات الصعبة. عندما تواجهان مشاكل، تذكّر أن التواصل هو مفتاح كل شيء. لا تدع الصمت يبني حاجزًا بينكما."

أشرف وقف، يمسح يديه من الغبار، وقال: "تذكر، يا عادل، أن العلاقة ليست فقط حول ما تعطيه، بل أيضًا حول ما تكونه معها. الحب ليس سباقًا لتحقيق النجاح فقط، بل رحلة من المشاركة والتفاهم. إذا أردت أن تنجح علاقتك مع علياء، عليك أن تفهمها بشكل أعمق، وتكون دائمًا حاضرًا بجانبها.

عادل شعر بشيء يتحرك بداخله، كأن كلمات أشرف فتحت بابًا جديدًا لفهم ما كان يمر به مع علياء. نظر إلى أشرف بابتسامة وقال: "شكرًا، أشرف. لكن الأمور لا تسير بهذه الطريقة أعتقد أن تأمين المستقبل ونجاحك هو ما يجعلك أفضل في عيون الناس"

أشـرف ابتسـم وقـال وهـو يتجـه نحـو العمـل: "هـذه هي نصـيحتي لـك في الحيـاة، يا صـديقي. نحـن نتعلم كل يـوم. لا تـدع الوقت يضـيع منك كمـا حدث معي."

الفصل الثالث:

ها هي أخيرًا قد ظهرت! بعد خمسة أيام بدت كأنها خمسة أعوام، عادت علياء لتطل من شرفة البلكونة. شعر عادل بقلبه يرقص من الفرح، وكأن جميع أحزانه تتبخر في لحظة واحدة. لكنه تساءل في نفسه، "إنها مجرد خمسة أيام، كيف سيكون الأمر لو اتخذت قرارًا بالابتعاد ولم أستطع رؤيتها لشهور؟"

أحس بالقلق يتسلل إلى قلبه مع هذه الأفكار، لكنه حاول تجاهلها. كانت علياء تتحدث مع أخيها، وضحكتها كانت كالموسيقى التي تنعش روحه. لكن بعد دقائق، جاءت سيارة محملة بأكياس الأرز، وكانت الحياة تعود لتأخذ مجراها.

جهز عادل السقالة كما اعتاد، ووضعها على السيارة. كان عليه أن ينتبه، ولكنه كان مشغول الفكر، وعقله وبصره في مكان آخر. كل تفكيره كان مشدودًا إلى علياء، لحظاتها، وضحكاتها، مما جعله ينسى ما حوله.

بينما بدأ يحمل الأكياس الثقيلة على ظهره، واصل ذلك التشتت الذهني. في تلك اللحظة، حدثت المفاجأة المروعة. زلة قدمه، وفقد توازنه، وسقط من فوق السقالة. شعر بجسده ينزل بسرعة، وبكل قوة ارتطم رأسه بالأرض، وكأن كل شيء توقف في تلك اللحظة.

الصوت الذي خرج من فمه كان أشبه بصراخ مختنق، كأنما كان ينادي علياء في خياله. لم يكن لديه الوقت للاستيعاب، كانت الدنيا تدور من حوله، بينما الألم يتسلل إلى كل عصب في جسده.

كان كل شيء مظلمًا ومرعبًا، وكأن لحظات سعادته تلاشت في غمضة عين. بينما كان يحاول أن يستجمع قواه، تذكر علياء، وكأن وجودها كان ينير له الطريق حتى في أحلك اللحظات.

لكن على غير المتوقع، نهض عادل سريعًا، وهو يحاول جاهدًا أن يتعامل مع ضيقه وألمه الذي كان يتجلى في كل خطوة وكل تفكير. كانت علياء ترعى الزهور في حديقتها الصغيرة، وفجأة سمعت الضجيج الذي نشب في الطاحونة. لم تتردد وتوجهت نحوه بسرعة، قلقة ومتلهفة لمعرفة ما الذي يحدث لصديقها. بدأت تشعر بشيء غير طبيعي يتسلل إلى داخلها.

نهض عادل وحاول أن يطمئنها، بينما يكدر حزنها والألم في عينيها يزداد، كأنها ترى مشهدًا مأساويًا يكاد يكون محدقًا بهما. وقفت أمامه، وبينما حاول عادل أن يطمأنها كانت تسير ببطء وتقترب بتأنٍ منه، كأنها تدرك أنها ستواجه حقيقة قاسية.

ولكن كانت المفاجأة الكبرى لعادل، حينما اخترقته دون أن تلاحظه، كما لو أنها كانت تمر بجانب ظل يحمل مظاهره الجسدية، ولكنها لا تراه في الواقع. لم يصدق ما رأى، ولكنه كان عالقًا بين شعور الإنكار والحقيقة المريرة أمام عينيه.

عندما التفت خلفه، كان رؤية جسده الممدد على الأرض وأصدقاؤه يحاولون مساعدته، كان هذا الجزء من الواقع صعبًا جدًا ليتقبله. حاول أن يصرخ بأعلى صوته، "أنا هنا! أنا بخير!"، لكن لا أحد كان يبدو كأنه يسمعه أو يراه، فكان الصرخة العميقة التي خرجت منه كانت مجرد صدى فارغ في الهواء.

كانت روحه تشاهد كل ما يحدث، محاولة أن تفهم كيف يمكن أن تكون هناك هذه الحقيقة البشعة. كان عالقًا بين هذا العالم والعالم الآخر، حيث كان يشعر بأنه يحاول التواصل دون أن يمكنه ذلك، بينما كل مشهد كان يبدو كرؤية غير واضحة.

بدأت أصدقاء عادل في استدعاء سيارة الإسعاف على وجه السرعة، وحملوه بعناية داخل العربة. في وسط كل هذا الاضطراب، قفز طيف عادل معهم، محاولاً فهم ما يجري، وقلق يتزايد في صدره. كان الموقف أشبه بالكابوس، حيث لا يستطيع أن يتفاعل مع ما يحدث.

عندما وصلت السيارة إلى المستشفى، هرع الأطباء والممرضات لاستقبال عادل، بينما كان طيفه يراقب كل شيء بعجز. تم نقله بسرعة إلى غرفة الطوارئ، حيث بدأ الفريق الطبي في العمل على استقرار حالته. طيف عادل كان يتنقل بين الغرف، محاولاً الإمساك بأي شعور بالواقع، لكنه كان كمن يحاول الإمساك بالهواء.

بعد دقائق من القلق والترقب، خرج الطبيب ليخبر أصدقاء عادل بأخبار لم يكونوا مستعدين لسماعها. "عادل في حالة فقدان للوعي، وسوف يستمر تحت الأجهزة والرعاية. نحن نبذل قصارى جهدنا لإنقاذه." كانت تلك الكلمات تتردد في أذهان الجميع، حيث كانت تبدو وكأنها نذير بالكارثة.

في تلك اللحظات، جلس شبح عادل بجوار سريره في وحدة العناية المركزة، ينظر إلى جسده المسجى بالأجهزة والأنابيب. كانت كل أنفاسه تعبر عن قلقه وحزنه، وكل تفكيره كان مركزًا على محاولة التواصل مع من حوله. كان يتحدث بلا توقف، يحاول أن يسمعه أحد، أن يرى أحد هذا الكيان المحبوس بين الحياة والموت.

"أنا هنا، أرجوكم، لا تتركوني. أنا بخير، أريد فقط أن أستيقظ." كانت كلماته تخرج منه وكأنها أصداء في غرفة فارغة، لا يسمعها أحد. شعر بالوحدة والحزن يتسللان إلى قلبه، بينما كانت الحياة تسير حوله وكأنه غير موجود.

كانت تلك اللحظات هي الأكثر قسوة، حيث كان عادل يعيش في برزخ بين الواقع والأحلام، بين الحياة والموت. كان يحاول بكل ما أوتي من قوة أن يعود، أن يجد طريقه إلى الوعي مجددًا، لكنه كان يشعر بأنه يواجه تحديًا هائلًا يتجاوز قدرته.

في تلك اللحظة، أدرك عادل أن كل ما يريده هو أن يعود إلى حياته، أن يحقق أحلامه، وأن يرى علياء مجددًا. كانت تلك الرغبة الملحة في قلبه هي ما يدفعه للتمسك بكل أمل، حتى لو كان ضئيلاً.

في وسط الضجيج وبعد أن رحل الجميع، كان عادل يجلس بجوار سريره في وحدة العناية المركزة، يتحدث ببعض الكلمات اليائسة، محاولاً أن يلفت انتباه أي شخص. فجأة، سمع صوتًا من السرير المجاور يرد عليه: "لن يسمعك أحد."

تفاجأ عادل والتفت بسرعة، ليجد رجلاً عجوزاً ممدًا على السرير، وبجواره نسخة أخرى منه، كيان شفاف يجلس بجانبه. فهم عادل في تلك اللحظة أن هذا الطيف هو روح الرجل العجوز، تمامًا كما هو الآن.

برغم حيرته، شعر عادل ببعض الاطمئنان لأنه وجد من يسمعه وربما يفهم ما يمر به. اقترب من الرجل العجوز وطيفه، وقال: "هل... هل يمكنك سماعي؟"

أجاب الطيف العجوز بنبرة هادئة: "نعم، أسمعك جيدًا. أنا هنا منذ ثلاث سنوات، منذ أن فقد جسدي الوعي. نادرًا ما يزورني أهلي الآن، لذا أصبحت معتادًا على هذا المكان."

شعر عادل بالحزن لكلمات العجوز، ولكنه شعر أيضًا بالأمل في أن يجد إجابات. "ما الذي يحدث لنا؟ هل نحن... أموات؟"

هـز الطيف العجـوز رأسـه ببطء. "لا، نحـن بين الحيـاة والمـوت، أرواحنـا معلقة هنا. ننتظر أن تستعيد أجسادنا وعيها أو... أن يغادرونا إلى الأبد."

صـمت عـادل لبعض الوقت، يحـاول استيعاب ما يسمعه. ثم قال: "وماذا يمكننـا أن نفعـل؟ لا أريـد أن أظـل هنـا. أريـد أن أعـيش حيـاتي وأحقـق أحلامي."

ابتسم الطيف العجوز برفق. "أحيانًا، يمكن للأرواح أن تجد بعض الراحة في التمشية خارج هذا المكان. يساعد ذلك في تهدئة الذهن وربما في إيجاد طريق للعودة."

وافق عـادل على الفـور. "لنخـرج إذًا، أحتـاج إلى بعض الهـواء النقي وأحتـاج إلى التفكير."

وقف الطيفان معًا، وغادرا الغرفة ببطء. كانا يسيران في ممرات المستشفى المزدحمـة، غيـر مـرئيين للآخـرين. شـعر عـادل وكأن هـذا التجـوال يمنحـه بعض السكينة، وكأنما يسير في حلم طويل. تمنى أن يتمكن من العودة إلى جسـده وأن يحيى حياته مجدًدا، لكنـه في تلك اللحظـات، كان يتمسـك بالأمـل والطمأنينـة التي وجـدها في هـذا اللقـاء الغريب مع طيف الرجـل العجوز.

وقـف عـادل والطيف العجـوز على شـاطئ البحـر القريب من المستشـفى، يتـأملان الأمـواج الهادئـة والمشـهد السـاحر الـذي كان يضـج بالحيـاة على عكس حالهـما. كانت هناك مركب صغير بعيدًا عن الشـاطئ، مليء بالأفراد في حفلة جماعية، يرقصون ويغنون بفرح.

شعـر عادل بحـزن عميق لحاله، وكان يتمنى أن يكون معهم، يعيش الحياة بكل تفاصيلها. لاحظ الطيف العجـوز مشاعر عادل، وحاول أن يخفف عنه قائلاً: "تعـال ننزل معهم ونستمتع لبعض الوقت. قد يساعد ذلك على رفع معنوياتك."

تـردد عـادل لوهلـة، لكنـه وافـق في النهايـة. انطلقـا نحـو المركـب، وقبـل أن يدركا، كانا يندمجان في الجـو الاحتفالي، يتمايلان مع الموسيقى، وينظران إلى الناس وهم يبتسـمون ويضحكون. كانت لحظات منسية من السـعادة تعيد لعادل الأمل في قلبه.

لكن السعادة لم تدم طويلاً. بدأت السـماء تتغير، وظهرت سحب مظلمة في الأفق، تعلن عن قدوم عاصفة بحرية. واجه المركب صعوبات كبيرة، حيث ارتفعت الأمواج وبدأ الرياح تعصف بالمركب الصغير. كان الوضع مرعبًا، وعادل يشـعر بالعجز مجددًا، غير قادر على السيطرة على مصيره.

بينمـا كانت العاصـفة تـزداد قـوة، بـدأ المركـب يهتز بعنف. وفي خضـم الفوضى، فقـد عـادل وعيه. عنـدما اسـتيقظ، وجد نفسـه ممـددًا على

شـاطئ جزيـرة غريبـة ومهجـورة. جلـس ببطء، محـاولًا فـهم مـا حـدث، ورأى أمامه منظرًا غير مألوف.

كانت الجزيرة مليئة بالأشجار الغريبة والنباتات المدهشة، وكأنها قطعة من عـالم آخـر. نهـض علـى قدميـه، محـاولًا الاستكشـاف، وكان يبحـث عـن أي دليل يقوده لفهم ما يحدث. شعر بالوحدة والغربة، ولكن في نفس الوقت، كان هناك شعور بالغموض والتحدي.

بينما كان يتجول في الجزيرة، بدأت الأفكار تتدفق في ذهنه. هل هذه فرصة جديدة ليعيـد ترتيـب أفكاره ويجـد طريقـه؟ أم أنها مجـرد جزء من الحلـم الطويـل الـذي يعيـش فيـه؟ كان عليـه أن يكتشـف الحقيقـة بنفسـه، وأن يجـد السـبيل للعـودة إلى حياته، إلى عليـاء، وإلى أحلامه التي كانت لا تـزال تراوده في أعماق قلبه.

كانت الجزيرة تبدو مهجورة، لكن عادل كان يشعر بأن هناك شيئًا ينتظره، ربما إشارة أو دليل يساعده في هذا العالم الغريب. كان مصممًا على العثور على طريقه، مهما كان الثمن.

الفصل الرابع: الجزيرة المسحورة

استمر عادل في التجول في أنحاء الجزيرة المهجورة، محاولًا التأقلم مع واقعه الجديد. أدرك سريعًا أنه لا يحتاج إلى الطعام أو الشراب، وكأن جسده الروحي يعفيه من احتياجات الحياة اليومية. كان هذا الاكتشاف مريحًا إلى حد ما، ولكنه زاد من غموض ما يمر به.

مع مرور الوقت، حل الليل بظلامه واختفت أشعة الشمس تدريجيًا. كانت الجزيرة تغمرها السكينة والصمت، ما عدا صوت الأمواج البعيدة. جلس عادل على صخرة كبيرة، يتأمل السماء المرصعة بالنجوم، غارقًا في أفكاره وأحلامه.

بينما كان في هذا السكون التام، لاحظ شيئًا غريبًا. إحدى الأشجار القريبة منه بدأت تتحرك ببطء نحوه. في البداية، لم يصدق ما يراه، ظنًا منه أنه مجرد خيال أو وهم، ولكن الحركة كانت واضحة جداً، وما هي إلا لحظات حتى تأكد من ظنه.

اقتربت الشجرة منه حتى توقفت على بعد خطوات قليلة. فجأة، سمع صوتًا عميقًا وهادئًا ينبعث منها، وكأنه يأتي من أعماق الأرض. "من أنت؟ ولماذا أتيت إلى هنا؟"

تردد عادل قليلاً، لكنه قرر الرد. "أنا عادل. لا أدري كيف وصلت إلى هنا، فقد كنت في المستشفى بعد حادث، وفجأة وجدت نفسي هنا."

تحدثت الشجرة مرة أخرى بصوت مليء بالحكمة القديمة. "هذه الجزيرة ليست مكانًا عاديًا. إنها مكان للأرواح التائهة، لأولئك الذين لم يجدوا طريقهم بعد."

شعر عادل بشيء من الارتياح، وأدرك أن هذه الشجرة قد تكون مفتاحًا لفهم ما يجري. "ماذا يجب أن أفعل؟ كيف أعود إلى حياتي؟"

أجابت الشجرة بصوت حنون، "أولاً، يجب أن تفهم ما الذي يعوقك. هذه الجزيرة ستختبرك، وستضع أمامك تحديات. كل شجرة وكل كائن هنا يحمل حكمة قديمة، قد تجد إجاباتك في التحدث إليهم."

عادل شعر بأن هذا هو الدليل الذي كان يبحث عنه. "هل يمكنني أن أطلب مساعدتك؟" سأل بنبرة مملوءة بالأمل.

ابتسمت الشجرة، أو هكذا شعر عادل، وأجابت: "بالطبع، سأكون مرشدك في هذه الجزيرة. ولكن تذكر، الرحلة هي رحلتك، والتحديات يجب أن تواجهها بنفسك.

نهض عادل من مكانه، عاقد العزم على مواجهة التحديات، ومليئاً بالأمل في أنه سيجد طريقه إلى العودة. كان يعلم أن الطريق سيكون طويلاً وصعباً، لكن بمساعدة الشجرة، كان مستعدًا للبدء في هذه الرحلة الغامضة والشيقة.

بعد لحظات من التأمل والحديث مع الشجرة، شعر عادل بشيء غريب يجتاح الجزيرة. تغيرت الرياح، وأصبح الهواء مشبعًا بالطاقة والانتظار. رفعت الشجرة أغصانها وأوراقها بدأت تتراقص برفق كأنها ترحب بقدوم شيء مهم.

"أنت المنتظر، أنت المنتظر"، كررت الشجرة كلماتها، وصدى الصوت يتردد في أرجاء الجزيرة.

فجأة، بدأت المخلوقات العجيبة في الظهور من بين الأشجار والنباتات المحيطة. كان من بينها فراشة جميلة بحجم تنين صغير، أجنحتها تتلألأ بألوان قوس قزح، وتطير برشاقة وسلاسة حول عادل. شعر بجمالها وسحرها يأخذان بلبه، وكأنها تحمل رسالة خفية له.

ثم ظهر بعض الحيوانات الأسطورية، كل منها يزداد غرابة عن الآخر. كان هناك حصان بأجنحة ذهبية، يرفرف بها برشاقة، وعيناه تلمعان بحكمة قديمة. كما كان هناك وحش صغير يبدو مزيجًا بين أسد وغزال، يتحرك برشاقة وقوة، وكأنه يحمل في ذاته قوة الطبيعة بأكملها.

كانت هذه المخلوقات تقترب من عادل ببطء، وكأنها تعرفه، وكأنه جزء من مصيرها. كانت نظراتها مليئة بالتوقعات، تنتظر منه أن يتخذ خطوة أو يقول شيئًا.

شعر عادل بثقل المسؤولية، لكن في نفس الوقت، بشيء من الفخر. "لماذا أنا المنتظر؟ ماذا يعني ذلك؟" سأل الشجرة بنبرة ملؤها الفضول والتوتر.

أجابت الشجرة بصوتها الهادئ والعميق، "أنت المنتظر لأنك تحمل في قلبك شجاعة التغيير وقوة الأمل. هذه الجزيرة هي انعكاس لما في داخلك. عليك أن تجد قوتك الداخلية، وتستعيد هدفك، ومن ثم ستجد طريق العودة."

تأمل عادل هذه الكلمات، محاولًا فهم معناها العميق. كان يعلم أن التحديات التي سيواجهها لن تكون سهلة، ولكن وجود هذه المخلوقات العجيبة، وحكمة الشجرة، منحه شعورًا بأن لديه الحلفاء والمساعدة التي يحتاجها. كانت الجزيرة مليئة بالأسرار والتحديات، ولكنه كان مستعدًا لمواجهتها، محملًا بالأمل والإصرار على العودة إلى حياته وإلى من يحب.

رسمت على وجه عادل تساؤلات كثيرة، ما جعل الشجرة تتحدث مجددًا لتجيب على ما يجول في خاطره. "هذه جزيرة المشاعر، وأما أنا، فأنا فضيلة العطاء. هذه الفراشة الجميلة هي تجسيد للرقة والحنان، تنشر الدفء أينما ذهبت."

أشارت الشجرة نحو الحصان المجنح، "وهذا الحصان بأجنحته الذهبية هو رمز للقوة والنقاء، يحمل في قلبه حكمة الأزمان القديمة." ثم التفتت إلى الوحش الصغير، "وأما هذا المخلوق، فهو تمثيل للشجاعة والرحمة، قوته تكمن في قدرته على حماية الآخرين رغم مظهره المرعب."

شـعر عـادل بانـدماج عميـق مع كل مـا سـمعه. كانت الكلمـات تنسـاب إلى قلبـه، تضـيف إلى روحـه عمقًـا لـم يعرفـه من قبـل. "نحـن في هذه الجزيـرة سجنـاء"، واصلت الشـجرة بصوتهـا العميـق، "بعد أن تجمعت مشـاعر الشـر وتعاونت مع بعض السـحرة لحبسنا هنا. لقد خلقوا لعنة جعلتنا محتجزين في هذه الأرض، غير قادرين على العـودة إلى عوالمنا الأصلية."

توقف عـادل للحظـة، يسـتوعب مـا يسـمعه. "ومـاذا يجب عليّ أن أفعـل؟ كيف يمكنني فك هذه اللعنة؟"

أجابت الشـجرة: "أنت المنتظر، الشـخص الذي سـيحررنا. لديك قلب نقي، وعزيمـة لا تُقهـر. يجـب عليـك مواجهـة تجسـدات الشـر في هـذه الجزيـرة، واستعادة توازن المشـاعر. فقط عندها ستستطيع تحريرنا وفك اللعنة."

شـعر عـادل بمزيج من الخوف والتصميم. كان يعلم أن المهمة التي تنتظره سـتكون صـعبة، لكنهـا أيضًـا تحمل في طياتها فرصـة لتحقيق شيء عظيم. "وكيف يمكنني أن أبدأ؟"

أجابت الشـجرة: "ابدأ بفهم مشـاعرك الخاصة وتعلم التحكم بها. ستجد في كل جزء من الجزيرة درسًا يسـاعدك في رحلتك. استمع إلى المخلوقات هنا، وتعلم من حكمتهم. الفراشـة ستقودك إلى أول اختبار لك."

ابتسـمت الفراشـة واقتربت مـن عـادل، ترفرف بأجنحتها الرقيقـة كأنـها تـدعوه للمتابعـة. شـعر عـادل بـدفء الأمـل ينبعـث مـن داخـل قلبـه. "سأتبعك، وأعدكم أنني سأبذل قصارى جهدي لتحريركم."

كانـت الجزيـرة مليئـة بالأسـرار والتحديات، لكـن عـادل كـان مسـتعدًا لمواجهتها. كان يعلـم أن هـذه الرحلـة لـن تكـون فقـط عـن إنقـاذ الأرواح العالقة، بل أيضًا عـن اكتشـاف ذاتـه وتطوير قدراته. ومن خلال شـجاعة العطاء والرقـة والقـوة والشـجاعة، كان مسـتعدًا لمواجهـة مشـاعر الشـر والسحرة الذين حبسوهم في هذه الجزيرة.

صـعد عـادل على ظهـر الفراشـة، شـعر برقـة أجنحتها وهي ترفرف بهـدوء ونعومة. ارتفعـت بـه إلى السـماء، حيـث بـدأت جولتـه لاكتشـاف سـكان الجزيرة، كل فضيلة متجسدة في شكل طائر أو حيوان فريد.

أخـذت الفراشـة عـادل في رحلـة عبر الغابة الكثيفـة التي تغطي الجزيرة، وكانت أول محطة لهما عند طائر ضخم وجميل، ريشـه يتلألأ بألوان قوس قـزح. "هـذا هـو طائر الحقيقـة"، قالـت الفراشـة. "ريشـه يعكس النقـاء والصـدق. إنه يحلق دائمًا عالياً بحثًا عـن الحقـائق، ولا يخشى مواجهـة الأكاذيب."

تابعت الفراشـة طيرانها، وأخذت عـادل إلى نهر يتدفق بسلام. على ضفاف النهـر، كـان هنـاك غـزال بـرّاق، عينيـه تعكسـان الهـدوء والسـكينة. "هذا

هوالسـلام"، قالـت الفراشـة. "حيثمـا يمضـي، يتبـع الهـدوء. يمكنـه تهدئـة الأرواح المعذبة بلمسة واحدة."

ثـم حطّـت الفراشـة في حقـل واسـع مليء بـالزهور العطرة. في منتصـف الحقـل، كان هنـاك أرنب صغير بفـراء نـاعم ولامـع، يتحـرك برشـاقة بين الأزهـار. "هـذه هي الطيبـة"، قالـت الفراشـة. "يبث البهجـة في كل من حوله بابتسـامته وحنانه. يملك قدرة خارقة على جلب السـعادة للقلوب الحزينة."

تابعت الفراشـة وعـادل جولتهمـا، ووصـلوا إلى جبل عالٍ. هنـاك، كان يقف نسـر ضخم، عينيه حـادتين وقـويتي النظـرة. "هـه هي الشـجاعة"، قالـت الفراشـة. "تحمي الجزيرة من أي خطـر، ولا تتردد في مواجهة الصعاب. إنها رمز للقوة والإرادة الحديدية."

أخيراً، هبطت الفـراشـة عند شـجرة ضخمة ومعمرة في وسط الجزيرة. على فروع الشـجرة، كان هنـاك بومة بحجم غير طبيعي، عينيها تلمعـان بحكمة الـزمن. "هـذه هي الحكمـة"، قالـت الفراشـة. "تعلم كل شيء عن الماضي والحاضـر، وتستطيع تقديم نصائح حكيمة لكل من يبحث عن التوجيه."

أخـذ عـادل وقتـاً لاسـتيعاب كل مـا شـاهده. كانت الجزيـرة مليئة بفضـائل مجسدة، كل منها يلعب دوراً في تحقيق التوازن في هذا العالم الغامض. "ما التالي؟" سأل عادل الفراشة.

أجابت الفراشة: "أنت الآن تعرف سكان الجزيرة وحكمتهم. عليك أن تتعلم من كل منهم، وتتحداهم لتثبت قدرتك على فك اللعنة. رحلتك لن تكون سهلة، لكن كل خطوة تأخذها ستقربك أكثر إلى هدفك."

كانت الشمس تغرب، وألوان الشفق تنعكس على مياه البحر المحيطة بالجزيرة. عاد عادل إلى نقطة البداية، مليئًا بالأمل والعزم، مستعدًا لمواجهة التحديات المقبلة بفهم أعمق للفضائل التي يجب أن يجسدها ليحرر الجزيرة وسكانها.

عاد الى شجرة العطاء وسألها عن قصة الجزيرة مجددا وكيف تم لعنها قالت بصوت حزين:

في قديم الزمان، كانت هناك جزيرة تعيش فيها الفضائل والرذائل معًا في توازن نسبي. كانت هذه الجزيرة مكانًا مثاليًا حيث تلتقي الفضائل مثل الحب والصدق والشجاعة مع الرذائل مثل الكراهية والطمع. رغم الاختلافات، عاشوا في نوع من التوازن الذي حافظ على سلامة الجزيرة.

لكن في يوم من الأيام، واجهت الجزيرة جفافًا شديدًا. تحولت الأرض الخضراء إلى صحراء قاحلة، وتوقف المطر عن الهطول، وبدأت الحياة تموت ببطء. لم تكن هناك شجرة واحدة مثمرة في الجزيرة باستثناء شجرة واحدة - شجرة التضحية. كانت هذه الشجرة تنمو في وسط الجزيرة، وكانت تعطي ثمارها النادرة للبقاء على قيد الحياة.

ومع مرور الوقت، بدأ السكان يشعرون باليأس، وكانوا يعلمون أن بقاءهم يعتمد على إيجاد حل سريع. اقترح الإبداع فكرة جريئة لإنقاذ الجميع، لكنه تردد في طرحها خوفًا من رفض الآخرين. شجعه الأمل على طرح فكرته. اقترح الإبداع بناء مركب أو سفينة تقلهم إلى جزيرة أخرى، حيث يمكنهم العثور على حياة جديدة. ولكن كانت هناك مشكلة كبيرة - لم تكن هناك أخشاب في الجزيرة لبناء السفينة.

وهنا كانت الصدمة للجميع. اقترحت شجرة التضحية والإيثار بحنانها وتضحيتها الفطرية، أن يأخذوا فروعها وأخشابها لصناعة السفينة. كان الاقتراح صعبًا ومؤلمًا، فقد كانت الشجرة رمزا للعطاء المستمر والأمل في الجزيرة. رفض الجميع الفكرة في البداية، لكن بعد محاورات وضغط من بعض المشاعر السيئة مثل الأنانية والطمع، وافقوا جميعًا.

كان المشهد مهيبًا ومؤثرًا. تجمع جميع الفضائل والرذائل حول شجرة العطاء، وبدأوا بقطع فروعها وأخشابها بحذر. كانت الشجرة صامتة، لكنها كانت تشعر بألم كل غصن يقطع. كانت التضحية هائلة، وكانت الدموع تتساقط من عيون الفضائل، بينما كانت الرذائل تراقب بصمت.

قام الإبداع بتصميم السفينة، وعمل الجميع معًا لبنائها. عندما انتهوا، كانت السفينة جاهزة للإبحار. وقبل أن يغادروا، أخذ الأمل فرعًا صغيرًا من شجرة العطاء، على أمل أن ينبت من جديد في الأرض الجديدة.

لكن ما لم يعلموه هو أن مشاعر الشر والسحرة كانت تراقب من بعيد. لم تكن مشاعر الشر تريد للجزيرة أن تستعيد توازنها وسعادتها. تعاونت هذه المشاعر مع السحرة لإلقاء لعنة قوية على الجزيرة الجديدة التي حلو عليها، مما جعلها مكانًا للألم والمعاناة. تحولت الجزيرة إلى مكان مظلم، حيث لم تعد الفضائل قادرة على العيش بحرية.

كانت اللعنة تجعل الجزيرة مكانًا لا يمكن للفضائل أن تنمو فيه، وكانت المشاعر السيئة تسيطر على الأجواء. أصبح المكان مليئًا بالخوف، الغضب، والحزن. وكانت الفضائل المتبقية حبيسة، غير قادرة على التأثير على العالم من حولها.

ولفك هذه اللعنة، كان يجب أن يظهر شخص ذو قلب نقي وروح قوية، شخص قادر على مواجهة مشاعر الشر وإعادة التوازن إلى الجزيرة. كان هذا الشخص بحاجة إلى تعلم من كل فضيلة واستخدام قوتها لمواجهة الشر. كان عليه استخدام الحكمة، الشجاعة، الطيبة، السلام، والحقيقة لهزيمتهم، واستعادة توازن الجزيرة.

بينما كان عادل يتحدث مع الحكمة، لاحظ طفلًا صغيرًا أعمى يقوده شخص آخر يبدو عليه علامات الجنون.سأل مذهولا: "من هذا؟"

أجابت الحكمة: "هذا هو الحب."

فاجأه الرد، بدت على وجهه علامات الدهشه عادل: "أنا دائمًا أسمع أن الحب أعمى، لكن لم أتوقع أن تكون هذه حقيقة وليس مجازا."

سأل عادل بحيرة: "ومن الذي يقوده؟"

أجابت الحكمة: "إنه الجنون. هكذا هو الحب دائمًا، يمضي أعمى ويقوده الجنون."

"هذا الحب، يا عادل، هو الذي يجمعنا جميعًا، وهو الذي يختار من يقوده. الجنون ليس سوى روح حرة تنقلنا بين أبعاد الحقيقة والخيال، لكنه دائمًا يسير نحو الحب بهمة لا يمكن تفسيرها."

سأل عادل: "ولماذا يقوده الجنون؟"

تنهدت الحكمة قبل أن تقول: "إنها قصة قديمة طواها النسيان، لكنني سأحكيها لك."

"في قديم الزمان، كانت هناك مملكة جميلة تعرف بمملكة المشاعر، حيث كانت الفضائل تعيش في تناغم. كان الحب هو الحاكم الأعلى، لكنه كان عاطفة عمياء لا ترى العيوب ولا الصعوبات.

ذات يوم، نشأت علاقة حب بين شاب وفتاة من عائلتين متنافستين. كان الحب بينهما قويًا لدرجة أنهما قررا مواجهة كل الصعوبات. لكن مع مرور

الوقت، بدأ الخلاف بين العائلتين يظهـر، وبـدأت الشـكوك تتسـلل إلى قلوبهم. رغم ذلك، استمر الشاب والفتاة في حبهم، متجاهلين كل ما يحيط بهم.

لكن في يوم من الأيام، تفاقم الصراع بين العائلتين، وطلبت العائلات من الأحبـاء أن يتخلـوا عـن بعضـهم. عندها، قرر الشـاب أن يتحلى بالشجاعة ويذهب لمواجهة العائلة، بينما كانت الفتاة تنتظره في مكانهما السري.

تحـدث الجنـون في تلك اللحظـة، حيـث تحـول الحمـاس إلى قرارات غير مدروسـة. الشـاب بـدأ يتصـرف بشـكل متهـور، بينمـا الفتـاة استسـلمت للخوف، وهكذا فقدا السيطرة على مصير حبهما. لقد أعمى الحب عينيهما وجعلهما غير قادرين على رؤية الحقائق حولهما.

وفي تلك الأثناء، قررت الحكمـة التـدخل. هي عرفت أن الحب يحتـاج إلى التوازن بين الشجاعة والعقل، لكن الحـب الأعمى لم يكن قادرًا على سماع نصائحها. وهكذا، تحوّل الحب إلى جنون، مما أدى إلى عواقب وخيمة على كليهما.

وبعد وقت قصير، انكشف الأمر. أدى الجنون إلى تفكك العلاقة، وتسببت العائلتـان في دمار كبير. أدرك الجميع حينها أن الحـب، رغم قوته، يحتـاج إلى رؤيـة وعقـل. قـرر الجنـون انـه سـيقود الحـب دائمًا تكفيرًا عـن ذنبـه وسيكون دليله أينما حل."

انتهت القصة، لكن الحكمة كانت تأمل أن يتعلم عادل من هذا الدرس. قالت: "لذا، عندما ترى الحب يسير أعمىً، تذكر دائمًا أنه بحاجة إلى النور الذي يضيء الطريق، وهذا النور هو العقل والتوازن بين القلب والعقل."

بينما يتجول عادل في جزيرة المشاعر، يشعر بفضول كبير يجذبه نحو حديقة غامضة محاطة بألوان زاهية. عندما يخطو داخل الحديقة، تتفتح الأزهار وتظهر أشعة الشمس بألوان دافئة، كأنها تدعوه للدخول.

فجأة، تنبض الأزهار بالحياة، وتخرج فضيلة الصدق من بين الأزهار المتلألئة، حيث تبدو وكأنها كائن من نور. عيونها تشع بصفاء ونقاء، وتبتسم له بلطف. تبدأ في الحديث، قائلة: "أنا فضيلة الصدق، حارسة الجمال في هذه الجزيرة. أنا هنا لأساعدك على رؤية العالم من منظور مختلف."

عادل، مشدوهًا، يسأل: "كيف يمكنك مساعدتي؟ كل ما أشعر به هو صراع داخلي! طموحاتي وعواطفي تتضارب في قلبي."

تبتسم وتجيب: "إن كل قلب يحتاج إلى الصدق ليزهر من جديد. لقد رأيت كيف أن القلوب التي تفتقر للصدق تميل إلى الجفاف، تمامًا كما تفعل الأزهار دون ماء. لكن الصدق ليس ضعفًا، بل هو قوة عظيمة."

بينما يستمع عادل، يتذكر لحظاته مع علياء وكيف كان يتردد في التعبير عن مشاعره. تُشعل كلمات الصدق في قلبه شعلة جديدة، وتُظهر له أن الحب يحتاج إلى تعبيرات لطيفة والصدق دائمًا.

ومع كل خطوة، يشعر عادل بعبء الصراع الداخلي يتلاشى. يتعلم أنه يجب أن يكون صادقا مع نفسه ومع الآخرين، وأن التعبير عن الحب يتطلب الشجاعة والصدق.

قبل أن يغادر الحديقة، يقدّم له الصدق زهرة نادرة، قائلا: "احمل هذه الزهرة في قلبك. لا تنسَ، أن الحب الحقيقي يحتاج إلى الصدق ليزدهر."

يخرج عادل من الحديقة متحمسًا، وهو يحمل الزهرة وكأنها تميمة جديدة، ويدرك أنه يجب أن يكون أكثر صدقا في تعامله مع مشاعره تجاه علياء، وأيضًا مع طموحاته التي يتطلع لتحقيقها.

بينما كان عادل يتجول في عمق الجزيرة، بدأ يشعر بشعلة حماس تتقد في داخله. أحس باندفاع قوي يدفعه نحو مغامرة جديدة، وعندما اقترب من منحدر صخري، ظهر أمامه كائن مفعم بالطاقة والحيوية، هو الشغف. كان يتألق كالنار، وبعينيه بريقٌ يشع بالأمل.

قال الشغف بحماس: "أهلاً بك، عادل! لقد كنت في انتظارك. أنا هنا لأعيد إليك الإلهام الذي تحتاجه. لماذا تخاف من اتخاذ الخطوات الجريئة؟"

عـادل، وهـو يشـعر بـالتردد، أجـاب: "لكنني أواجـه الكثير مـن التحـديات. حلمي بأن أصبح محاميًا عظيمًا، ولكن كل يوم يمـر أرى نفسي بعيدًا عن هذا الهدف. وعلياء... كيف يمكنني الجمع بين كل هذا؟"

ابتسم الشـغف قائلاً: "تحدياتك هي فرصتك! كل نجاح يأتي بعد محاولات كثيرة وفشـل محتمـل. لقـد تعلمـت مـن تجربتي أن الشـغف هـو مـا يمـنح الحيـاة طعمهـا. عنـدما تشـعر بشـغف حقيقي، تكون لـديك القـدرة على التغلب على أي عقبة."

ثم تابع الشـغف، "هل تعرف قصتي؟ في البداية، كنت مجرد فكرة مرفرفة في قلوب الناس، لكن عندما بدأوا في اتباعي، استطعت تغيير حياتهم. رأيت كيف يمكن لقرارات جريئة أن تؤثر في مسارات الحياة.

عادل، مشـدوهًا، قال: "لكني أخـاف من الفشـل. ماذا لو لم أستطع تحقيق حلمي؟ ماذا لو كانت كل خطوة جريئة تأخذني بعيدًا عن اهدافي؟"

أجـاب الشـغف بقـوة: "الفشـل ليـس نهـاية، بـل هـو جـزء مـن النجـاح. الشجاعة تكمن في المحاولة. وعندما تتخذ خطوة، ستجد أن كل شيء يبدأ بالوضـوح. عليك أن تتبع شـغفك، ولا تدع الخـوف يسـيطر عليك. علياء تحتاج أن ترى شجاعتك، فهي سترى فيك المحامي الذي تحلم بأن تكونه."

في تلك اللحظة، شعر عادل بشعلة جديدة تندلع في قلبه. لقد أدرك أنه لا يمكنه انتظار اللحظة المثالية للانطلاق. يجب عليه أن يكون جريئًا، ليس فقط من أجل نفسه، بل من أجل علياء ومن أجل أحلامه.

قال الشغف تذكر دائمًا، الشغف هو ما يدفعنا نحو الحياة الحقيقية. ابدأ الآن، واجعل كل لحظة تتحدث عن شجاعتك!"

وبهذا، خرج عادل من تلك المواجهة وهو يشعر بطاقة جديدة تدفئ قلبه، عازمًا على اتخاذ خطوات جريئة نحو تحقيق أحلامه، رغم كل الصعوبات التي قد تواجهه.

الفصل الخامس: بين الأمل واليأس.

في غرفة المعيشة، حيث تسود الألوان الداكنة والأثاث الثقيل، اجتمعت عائلة علياء. كانت والدتها تراقبها بقلق، بينما كان والدها يتحدث بنبرة حازمة، كما لو كان يحاول فرض رأيه على الجميع.

"علياء، لقد حان الوقت لتفكري في مستقبلك." قالها والدها بصرامة، مما جعل قلبها يتقلص.

شعرت علياء بالضغط يتزايد عليها، وعقدت ذراعيها أمام صدرها. "لكن عادل بحاجة إليّ، لا يمكنني التخلي عنه في هذه اللحظة. نحن سنعود معًا، أنا مؤمنة بذلك." همست لنفسها، ثم توجهت إلى والدها قائلة: "أبي، ربما يجب أن أكمل دراستي أولاً."

تدخلت والدتها، محاولة تخفيف حدة الموقف. "عزيزتي، نحن نفهم ذلك، ولكن عليك أن تفكري في زواجك ومكانتك في المجتمع. هناك الكثير من الشبان الذين يرغبون في الارتباط بك."

شعرت علياء بنيران الغضب تتأجج داخلها. "لا أريد أحدًا سوا عادل!، ولا يمكنني استبداله بشخص آخر لمجرد أنه يريدني!" هكذا همست ايضا لنفسها.

بينما كانت كلمات والدها تتردد في ذهنها، شعرت بصدع عميق في قلبها. من جهة، كانت لديها أمل قوي في شفاء عادل وعودته، لكن من جهة أخرى، كان واقع غيابه المستمر يؤلمها. كانت تشعر وكأنها تعيش في فقاعة من الأمل، لكن تلك الفقاعة بدأت تتصدع.

كل يوم يمضي في غياب عادل كان كالعمر، وبدأت تشعر باليأس يتسلل إليها. هل ستنتظره إلى الأبد؟ هل ستكون قادرة على تحمل الألم؟

بعد نقاشات حادة مع عائلتها، قررت أن تأخذ فترة من الوقت لتفكر في خياراتها. خرجت إلى حديقة المنزل، حيث كانت أشعة الشمس تتسلل بين أوراق الشجر، وجلست على مقعد خشبي مهترئ، مغلقة عينيها، محاولة أن تجد السلام في قلبها.

في اليوم التالي، قررت أن تذهب إلى المستشفى دون أن تخبر عائلتها. كانت تعرف أنها بحاجة إلى أن تكون بجانبه، وأن تواجه كل شيء مهما كان.

في صباح يوم جديد كانت السماء رمادية فوق الجامعة، وكأنها تعكس الحالة التي تعيشها علياء. في هذا الصباح البارد، كانت خطواتها متثاقلة وهي تتجه نحو قاعة المحاضرات. الهموم تتراكم في ذهنها: غياب عادل الطويل، صعوبة التواصل معه، والأهم من ذلك، التوتر الذي بات يتسلل إلى حياتها.

عندما دخلت علياء إلى قاعة المحاضرات، شعرت وكأن الجميع ينظر إليها. جلست في مكانها المعتاد، وأخرجت كتبها وأوراقها، لكن ذهنها كان مشتتًا. "علياء؟ هل أنتِ معنا؟"

كانت تلك كلمات الدكتور خالد، أستاذ المادة. رفعت رأسها بسرعة، لتجد أنه كان يسألها عن جزء من المحاضرة. لم تكن تسمع السؤال، وكأن عقلها كان في مكان آخر.

"آسفة، أستاذ خالد، هل تستطيع تكرار السؤال؟" قالت بصوت مهتز.

ابتسم الأستاذ بحزن. "كنت أسأل عن رأيك في النقطة المتعلقة بالمسؤولية الاجتماعية للقانون. أعتقد أن لديكِ نظرة فريدة في هذا الموضوع."

حاولت علياء أن تستجمع أفكارها بسرعة. لقد كانت تعرف الإجابة، لكنها لم تكن قادرة على التعبير بوضوح. "أعتقد أن القانون يلعب دورًا حاسمًا في تشكيل مسؤولية الأفراد تجاه المجتمع، لكن..."

توقفت للحظة، تشعر بالضغط. "لكنني لست متأكدة إذا كان هذا ما ينبغي أن أركز عليه." شعرت ببعض العيون تتجه نحوها، لكنها تجاهلتها. عقلها كان مزدحمًا بعادل وبما يحدث في حياته.

خارج القاعة، قابلتها لميس، إحدى زميلاتها التي كانت تنافسها دائمًا. لميس كانت تعرف أنها تمر بوقت عصيب، لكنها لم تتردد في محاولة إضعافها.

"يبدو أن الغياب الطويل لعادل يؤثر على دراستك يا علياء،" قالت لميس بابتسامة خبيثة. "كنتِ دائمًا في القمة، لكنني ألاحظ أنك تتراجعين."

تذكرت كلمات عادل لها في أحد المرات "أن القوة الحقيقية تكمن في قدرة الإنسان على الوقوف من جديد، وأن الروح قد تضعف لكنها لا تنكسر طالما هناك من يؤمن بها ويعيد بناء جدرانها"

ابتسمت علياء بمرارة، لكنها ردت بحزم: "النجاح لا يُقاس فقط بالدرجات، لميس. أحيانًا نحتاج إلى مواجهة تحديات أكبر مما يمكنك فهمه."

كانت تعلم أن هذه ليست معركتها مع لميس فقط، بل مع نفسها. غياب عادل ألقى بظلاله على كل شيء في حياتها، حتى على دراستها، وأصبحت تشعر بأنها تسير في متاهة لا نهاية لها.

في المكتبة، جلست علياء بمفردها، تحاول التركيز على الكتب القانونية المكدسة أمامها. لكنها كلما حاولت القراءة، كانت الأفكار تتسلل إلى ذهنها. كانت تتساءل دائمًا: "هل عادل بخير؟ هل سيعود قريبًا؟ ماذا لو لم أره مرة أخرى؟"

رفعت رأسها للحظة، وشعرت بالدموع تملأ عينيها. كانت تشعر بالعجز، فقد كانت تحاول أن توازن بين حياتها الجامعية وقلقها الدائم على عادل. كانت تريد النجاح، لكنها كانت تشعر أن شيئًا ما يسحبها إلى الوراء.

"علياء، لا تستسلمي الآن،" همست لنفسها. كان عليها أن تكون قوية، ليس فقط من أجل عادل، بل من أجل نفسها. كان عادل محبا للشعر وكان يلقى عليها من وقت لآخر في الدردشة بعض الأبيات تذكرت كلماته "نبتسم لأننا نعلم أن الحياة لا تنتظر الحزانى، ونمضي لأننا نؤمن أن النور ما زال يختبئ في ثنايا الظلمة. إن أقسى المعارك هي التي نخوضها بصمت، وأعظم الانتصارات هي تلك التي لا يراها أحد".

قررت علياء أن تواجه تحدياتها في الجامعة بطريقة مختلفة. بدأت بمراجعة محاضراتها بجدية أكبر، واستعادة تركيزها. علمت أن الحياة لن تنتظرها، وعليها أن تجد توازنًا بين دعم عادل واستمرار حياتها.

عندما واجهت لميس مرة أخرى في قاعة المحاضرات، قررت ألا تدع كلماتها تؤثر عليها. "لميس، إذا كنتِ تعتقدين أن نجاحي يعتمد على ظروفي الحالية، فأنتِ مخطئة. النجاح الحقيقي هو أن تواجهين كل التحديات وتنجحين رغمها."

لميس لم تستطع الرد، واكتفت بالابتسام بارتباك. في تلك اللحظة، شعرت علياء بشيء يتغير بداخلها. كانت تعرف أن الطريق أمامها لن يكون سهلاً، لكنها لم تعد تشعر بالضعف.

في الجانب الآخر بينما كان عادل يتجول في يوم غائم ومظلم، في أرجاء جزيرة المشاعر، يشعر بثقل اليأس يحيط به. كانت الأفكار تتصارع في

ذهنـه، ويشـعر كأن الغيـوم قـد اجتمعـت لتخيـم علـى قلبـه. لكنـه فجـأة، لاحظ شعاع ضوء يسطع في الأفق، يُوجهه نحو مكان مشرق.

هنـاك، بين أشـجار الكرمة المتدلية، ظهـر الأمل، كائن نوراني يتلألأ كما لو كان يحمل كل النجوم في جوفه. يمتاز بلون ذهبي مشـع، وعينيه تتلألأان بالحياة. اقترب عادل، وقلقه بدأ يتلاشى ببطء.

قال الأمل بصوت رقيق ولكن قوي: "مرحبًا يا عادل! أنا هنا لأساعدك على رؤية النور في قلب الظلام. الأمل هو ما يضيء الطريق في أوقات الشدائد."

ابتسـم عادل بفضـول: "لكن كيـف يمكن أن أكون متفائلاً في وقت أشـعر فيه بالضياع؟ أشـعر كأنني محاصـر بين أحلامي وعواطفي، وبين واقـع لا أستطيع تغييره."

رد الأمل بحماس: "الإيمان هو مفتاح الفرج! كل تحدٍ يحمل فرصة. عليك أن تنظر إلى الصعوبات كفرص لتتعلم وتكبر. الأمل هـو تلك الشـرارة التي تُشعل الإبداع في داخلك، لتجعلك تتجاوز الصعوبات."

تحدث الأمل عن قصص من حياته، حيث واجه العديد من التحديات، لكنـه كان دائمًا ينظر إلى المسـتقبل بتفـاؤل. قصصـه كانت مليئة بالمعـاني العميقة، وتناول خلالها كيف أن كل خيبة أمل كانت فرصة لتعزيز إيمانه وإرادته.

عادل، وقد بدأ يستشعر الدفء في قلبه، قال: "لكن ماذا لو كانت الأوضاع أكثر تعقيدًا؟ كيف يمكنني أن أحقق طموحاتي وأبقى صادقًا مع مشاعري تجاه علياء؟"

أجابه الأمل بابتسامة: "عليك أن تؤمن بأن كل خطوة تتخذها تحمل معنى. قد يكون الطريق طويلاً، لكنك لن تسير فيه وحدك. الأمل هو الرفيق الذي سيجعلك تستمر في المسير، حتى عندما تشعر أنك عالق."

شعر عادل بشحنة من الإلهام تتدفق في عروقه، وفهم أن الأمل لا يعني التغاضي عن الواقع، بل يعني الإيمان بإمكانية التغيير. طاقة الأمل بدأت تتسلل إلى قلبه، مما جعله يشعر بقوة جديدة تدفعه لمواجهة تحدياته.

بينما يتأمل عادل، أدرك أن الأمل هو ما يحتاجه ليواصل مسيرته نحو تحقيق أحلامه، ولتجاوز العقبات التي تعترض طريقه نحو الحب والسعادة.

بعد أيامٍ من محاولات التعافي والتأقلم مع واقعه الجديد، كانت روح عادل لا تزال ممزقة بين ذكرياته الضائعة والواقع الذي فرضه عليه الجزيرة. لم يكن يعلم من هو تمامًا، لكن قلبه كان يئن تحت وطأة شيء لا يتذكره بوضوح. مع كل نفس يأخذه، كان يشعر بأن حياته السابقة تسحب من بين أصابعه كالرمال المتناثرة في الرياح.

قرر أن يستنشق بعض الهواء النقي في نزهة لعله يستعيد شيئًا من ماضيه الغامض. كانت الأزقة الضيقة على الجزيرة موحشة، مع كل خطوة كان شعور غريب يتزايد داخله، كأنه يسير نحو مصيره المجهول. وفي أحد تلك الأزقة، سمع صوت بكاء خافت. تلفت حوله ليرى طفلة صغيرة، جلست بجوار كومة من القمامة، وجهها الملائكي ملوث بالدموع، وعيناها تعكسان براءة مختلطة بالخوف.

اقترب منها بحذر، ليسألها بصوت خافت يخشى أن يكون حلماً آخر: "لماذا تبكين هنا يا صغيرة؟ هل ضللتِ طريقك؟"

رفعت الطفلة رأسها نحوه، وعيناها مليئتان بالدموع التي جمدت قلبه. بصوت مهتز، قالت: "نعم، لا أستطيع العودة. هل يمكنك مساعدتي؟"

أراد أن يكون بطلاً مرة أخرى، حتى لو لم يعرف نفسه تمامًا. استجاب بسرعة: "بالطبع، سأعيدك إلى ديارك. لا تقلقي، ستكونين بأمان معي."

أمسكت الطفلة بيده، لكنها كانت باردة على نحو غريب. بدأت تقوده عبر الأزقة التي أصبحت أكثر ظلمة وضيقًا مع كل خطوة. تزايد شعوره بالريبة، وكأن شيئًا مظلمًا ينتظره في نهاية هذا الطريق.

فجأة، توقفت الطفلة. استدارت ببطء، لكن ملامحها البريئة تلاشت فجأة. تحولت إلى امرأة عجوز مهيبة، عيناها الحاقدتان تعكسان عمرًا من الشرور. كانت ابتسامتها شريرة، وكأنها قد وجدت ضحيتها المنتظرة.

قالت بصوت متهكم: "أنت من يقولون عنه المنتظر؟ يا لك من مسكين. أنا الخيانة، جئت لأخضعك لاختباري."

تجمد عادل في مكانه، وصوت ضحكتها الشريرة تزلزل أعماقه. للحظة، شعر بأن قدميه ثابتتان على الأرض، لكن قلبه كان يغوص في دوامة من الرعب والضياع. كل شيء تعلمه على الجزيرة بدا وكأنه يختفي في مهب الرياح. لقد كانت هذه المرة الأولى التي يواجه فيها شيئًا كهذا، كيانًا حقيقيًا يسعى لابتلاعه.

لكن وسط الظلام، تردد في أذنيه صوت من بعيد، صوت مألوف لكنه غامض: "كل خطوة تجاه حلمك تضيء طريقك أكثر... لا تستسلم". كانت الكلمات تشعل شيئًا ما بداخله، شعلة صغيرة تقاوم الانطفاء. شعر بيد ناعمة على يده، رغم أنه لم يكن بجواره أحد.

وفي تلك اللحظة، بدأت المعركة. كانت الخيانة تهاجمه بالكلمات الجارحة، تحاول بث الشكوك والخوف في قلبه. صور زائفة تتوالى أمامه، مواقف خيانة وألم، وجوه تعرفه ولا يتذكرها. لكنها كانت تحاول أن تمزق روحه. عادل كان يقاوم، ولكنه على وشك الانهيار، وكأنه يغرق في بحر من الكوابيس.

في تلك الأثناء، في غرفة المستشفى، حيث كانت الأجهزة الطبية تملأ الفراغ بهدوء مخيف، دخلت علياء بخطوات حذرة، وكأنها تخشى أن توقظه من عالمه المجهول. اقتربت من سريره، يلفه الصمت الثقيل والأسلاك،

وجلست بجانبه. وضعت يدها على يده بلطف، وشعرت بأنها تمسك بخيط أمل رفيع.

"عادل، أفتقدك كثيرًا..."، همست بصوتٍ مشوب بالألم. "أعلم أنك هنا، وأنك ستعود. أريد فقط أن تعلم أنني معك، مهما طال الزمن..."

ترددت كلماتها في أذنه في منتصف معركته، وكأنها كانت تخترق الحواجز بين العالمين. لم يستطع تمييزها بوضوح، لكنه شعر بشيء يتغير داخله. شيء يدعوه للقتال أكثر. الخيانة كانت تضغط عليه بقسوة، تحاول كسر إرادته، لكن صوت علياء كان كالبرق يشق الظلام.

"أنا معك... لا تستسلم."

تلك الكلمات كانت بمثابة النار التي أشعلت روحه مجددًا. مع كل ضربة من الخيانة، كان يرد بتذكير نفسه بما تعلمه: الشجاعة، الإيمان، والأمل. صور علياء وأحلامه المنسية كانت تتوالى أمام عينيه، وكانت القوة التي يحتاجها للانتصار.

وبعد صراع طويل ومضنٍ، انفجر الضوء حوله، اختفت الخيانة في زفير أخير من اليأس، تاركة خلفها سكينة عميقة.

فتح عادل عينيه للحظات، كانت علياء ما زالت تتحدث بصوت خافت، "أعدك أنني سأكون هنا... أنتظرك حتى النهاية."

في تلك اللحظة، شعر عادل بنبضة جديدة تنبثق من أعماقه. كان يعلم أن الطريق لم ينتهِ بعد، لكنه استعاد شيئًا لم يكن يتوقعه: نفسه.

غـادر المكان وبعـد سـاعات مـن السـير المتواصـل وجـد نفسـه امـام غابـة كثيفـة، حيـث كانت الأشـجار تعلـو بارتفاعاتها الشـاهقة وتغطي السـماء، ليجد في انتظاره كائن غامض، يحيط به هالة من الظلال، وعيناه تلمعان بشغـف عميق.

سأله عادل، وهو يشـعر بالتوتر: "من انت"

أجاب بنبرة هادئة لكنها مثيرة: "أنا جزء من طبيعـة الإنسـان، أعيش في كل قلب. أظهر نفسي عندما ترى الآخرين يتفوقون عليك. أنا انعكاس لرغبتك في النجاح، لكنني أحوّل تلك الرغبة إلى ألم."

تأمل عـادل في كلماته، وقال: "لكن هـذا يؤلمني، يجعلني أشـعر أنني أقل من الآخرين. كيف يمكنني التقدم وأنا محاط بهذه المشاعر السلبية؟"

رد بابتسامة حزينة: "تعتقد أنك بحاجة إلى مقارنة نفسك بالآخرين لتعرف قيمتك. لكن الحقيقة هي أنك لا تحتاج إلا إلى قبول ذاتك. السـعادة لا تأتي من رؤية الآخرين يتفوقون، بل من تقدير ما لديك وما يمكنك تحقيقه."

شعر عادل ببرودة تتسلل إلى قلبه، وسأل: "كيف أستطيع تجاوز هذا الشعور؟"

أجاب: "ابدأ بتركيزك على رحلتك الخاصة. احتفل بنجاحاتك الصغيرة، واعترف بأن لكل شخص مساره الخاص. عندما تتقبل نفسك بصدق، ستشعر بالسلام الداخلي، وستبدأ في رؤية الجمال في إنجازات الآخرين بدلاً من الغيرة."

تأمل عادل في كلماته وبدأ يشعر بأن شعوره بالضيق يتلاشى. أدرك أن الغيرة ليست عدوًا، بل رسالة تدعوه للتفكير في ذاته وإعادة تقييم طموحاته.

الفصل السادس: صراع الخوف والأمل

بينما كان عادل يتقدم في عمق الجزيرة، واجه موقفًا محوريًا في رحلته. وجد نفسه في وادٍ مظلم، حيث تلاعبت ظلال الأشجار بقلقه. في هذه اللحظة، بدأ صراعًا داخليًا بين الخوف والأمل.

الخوف: "أنت تغامر بحياتك، ماذا لو كانت كل هذه المجهودات بلا جدوى؟ ماذا لو فشلت ولم ترَ علياء مرة أخرى؟"

رد الأمل بصوت هادئ، كأشعة الشمس التي تتسلل عبر الغيوم: "كل خطوة تأخذها تجاه أحلامك تضيء طريقك قليلاً أكثر. تذكر كم كنت تتوق لتحقيق طموحاتك!"

الخوف: "لكن المستقبل مليء بالشكوك. ما الضمان أنك ستنجح؟ ربما تكون مجرد أحلام فارغة."

الأمل: "لا يوجد ضمان، ولكن الخوف وحده لن يحقق شيئًا. الإيمان هو ما سيقودك! انظر إلى كل ما مررت به حتى الآن. لم تتراجع!"

بدأ عادل يشعر بالارتباك، لكن تلك الكلمات حفزته. تذكر تخرجه، حلمه بأن يصبح محاميًا يدافع عن المظلومين، والشعور الذي انتابه عندما رأى علياء لأول مرة.

الخـوف: "لكـن كـل شـيء يمكـن أن يتبـدل. الأوقـات الصـعبة قـد تبتلـع أحلامك."

الأمل: "وهذا هو دورك! لا تستسلم، خذ المخاطر وامضٍ قدمًا. الصعوبات هي جزء من الرحلة. ما الفائدة من الاستسلام قبل أن تبدأ؟"

تجلى الصـراع أمامـه، وكأنـه يـراه بوضـوح. بدأ عـادل في التفكير مليًا، مستشـعرًا قـوة كـلا الشـعورين. أدرك أن عليـه الاسـتماع إليهمـا، لكـن الاختيار كان في يده.

تجمع الشجاعة داخله، وقال بصوت مفعم بالعزم: "لست وحدي. لدي طموحاتي، ولدي أيضًا الأمل. سأمضي قدمًا، مهما كانت العقبات!"

وبهذه الكلمات، بدأ قلبه ينبض بقوة أكبر، كأن ضوء الأمل قد تغلب على ظلام الخـوف. وعـاد عـادل إلى مسـاره، متعهدًا بالاسـتمرار في سـعيه نحو تحقيق أحلامه، مهما كانت التحديات.

واصـل السـير وتواصلـت الرحلـة وهـو يتجـول بين أشـجار الجزيرة، يلتقي عادل بشخص غريب. عجوز يبدو عليها علامات الحكمة تتأمل النجوم في الليل السـاحر. يسـمع عـادل أنها تمتلك حكايات قديمة تنتظر أن تروى، فضولًا ينمو داخله، يسألها عن سر الحب والقلوب التي تجعلها تضيء في الظلام.

اقترب منها وسألها: ما الحب

أجابت "يا فتى، الحب هو غموض لا يُفسر بالكلمات وحدها. إنه قوة تتجاوز الزمان والمكان، تملأ القلوب بالدفء والشغف. لكل منا رحلة خاصة مع الحب، وكل روح تجد طريقها لتتفتح بالحب بطريقتها الخاصة."

عادل: "لكن كيف يمكن أن يكون الحب بهذه القوة حتى يستطيع ان يُغير مسار حياة الإنسان؟"

"الحب يعلمنا الصبر والتسامح، يمنحنا القوة لنواجه مخاوفنا ونحقق أحلامنا. ولكن يجب أن تكون جاهزًا لقبول التحديات التي تأتي معه، فالحب يُختبرنا ويبنينا في آن واحد."

عادل: "أعتقد أنني أفهم قليلاً الآن، ولكن لا أزال أحتاج لمعرفة المزيد."

"كلما تعلمت أكثر عن الحب، كلما زادت حيرتك. استمع إلى قلبك، وتذكر أن الحب يأتي في أشكال متعددة، لا يُحكم على الحب بالمظاهر فقط بل بالروح."

وبهذه الكلمات، استمر عادل في رحلته بفهم أعمق للحب وتأملات أكثر في طبيعة القلوب والعواطف التي تجعلنا بشرًا. تركت العجوز أثرًا عميقًا في قلبه، مما جعله يبحث عن مزيد من الفهم والتقبل لما يأتي في مسار حياته.

وهكذا، يستمر عادل في استكشاف الجزيرة والتعرف على مشاعر مختلفة تشكل شخصيته وتوجهه في الحياة. كل لقاء مع كائن جديد يزيد من غنى تجربته ويقوده نحو فهم أعمق لذاته ولعالم الحب والصراعات الداخلية التي يواجهها.

في إحدى الليالي الممطرة تظهر عاصفة، تهب رياح عاتية وتُزلزل الأشجار، الظلام يلف المكان ويُخفيه عن الأنظار. يقف عادل على صخرة مرتفعة، ينظر إلى السماء المظلمة التي تُمزقها صواعق البرق، بينما يهطل المطر بغزارة كأن السماء تبكي معه.

يظهر كائن غامض ضخم، جسده أسود كالفحم وعيناه تُشعان ببريق أحمر مخيف. يهطل المطر بغزارة، يرتعد عادل من البرد والخوف.

عادل: (بصوت متهدج) لماذا أنا هكذا؟ لماذا أشعر وكأنني عالق في هذا الظلام؟ هل سأتمكن حقًا من تحقيق أحلامي؟

يظهر الكائن فجأة من خلف الصخرة، صوته عميق كالرعد ويهتز معه المكان.

بابتسامة شريرة مرحبًا ايها المنتظر.
عادل: يرتجف صوته من أنت؟ وماذا تريد مني؟
أنا صديق قديم لقد سمعت صراخك، جئت لأكون رفيقك في رحلتك هذه.

يقترب من عادل، يلفحه بنظرة باردة أنا هنا لأخبرك بأن أحلامك وهم وأن النجاح مستحيل. سأكون ظلك الدائم، أذكرك بفشلك وأُشعرك بالعجز.

عادل: (بثبات) لا! لن أستسلم لك
لقد عرفتك: أنت اليأس. أعلم أنني قادر على تحقيق ما أريد، ولن أسمح لك بكسر إرادتي.

اليأس: (يسخر) هاهاها! كم أنت ساذج. انظر حولك، العالم مليء بالقسوة والظلم. كيف تتوقع أن تنجح في مثل هذا العالم؟ لقد فشلت مرارًا وتكرارًا، لماذا تعتقد أن هذه المرة ستكون مختلفة؟

عادل: (ينظر إلى عين اليأس بشجاعة) لقد تعلمت من أخطائي. أنا أقوى الآن، ولن أسمح لأي شيء يمنعني من تحقيق أحلامي. لدي إيمان بنفسي وبقدراتي، وسأواجه كل التحديات بشجاعة.

اليأس: (غاضبًا) مستحيل! ستفشل في النهاية، وسأكون هنا لأذكرك بيأسك. تذكر، لا أحد يهتم لأمرك، أنت وحيد في هذا العالم القاسي.

عادل: (يبتسم، يرفع رأسه عاليًا) أنا لست وحدي. لدي عائلة وأصدقاء يدعمونني، يُؤمنون بي ويُشجعونني على المضي قدمًا. لدي إيمان بنفسي وبإلهي، أعلم أنه يُنير طريقي ويُساعدني على التغلب على أي صعوبة "إِنَّهُ لَا يَيْأَسُ مِن رَّوْحِ اللَّهِ إِلَّا الْقَوْمُ الْكَافِرُونَ". سأنتصر عليك مهما كلف الأمر.

(يُضيء البرق السماء، ويظهر وراء عادل كائنات بيضاء تُنير المكان بنورها)
بصوت عذب لا تيأس أيها الفتى، فالإيمان والأمل هما سلاحك في مواجهة
الظلام. تذكر دائمًا، النجاح ليس غياب الفشل، بل هو القدرة على
النهوض بعد كل سقوط.

بعد ظهور هذه المخلوقات. يختفي اليأس تدريجيًا حينما تشرق شمس
الصباح، تاركةً وراءها شعاعًا من الأمل في قلب عادل.

الفصل السابع: الظلام يلف الجزيرة

تلفّ الجزيرة سحب داكنة، تغطي ضوء القمر وتُغرق المكان في عتمة دامسة. يقف عادل ينظر إلى الجزيرة التي تبدو كوحش ضخم يتربص به. يتصاعد الخوف في قلبه، لكنه يتذكر سبب قدومه إلى هذا المكان: فكّ اللعنة التي تُسيطر على الجزيرة، وإنقاذ أهلها من براثن الشر.

تظهر أمامه أرواح شريرة، بأشكالٍ غريبة ومخيفة. تُحيط به من كلّ جانب، وتبدأ في التحدث بأصواتٍ مشوشة، مُحاولةً زرع الخوف والشكّ في قلبه.

"أيها الغريب، ماذا تبحث عنه في أرضنا؟ لا مكان لك هنا!"

"لا يمكنك هزيمة الظلام يا عادل. هذه الجزيرة ملكنا، ولن نسمح لك بتخليصها من لعنتها."

بينما يواجه عادل هذا الانقضاض الشرير، يحاول بكل قوته تجاوز مشاعر الخوف والإرهاب التي تعترض طريقه. تتحدث أرواح الشر بأصوات مشوشة، تحاول إثارة شكوكه وضعفه النفسي.

"أين هو الخير الذي تحاول تمثيله؟ أنت لن تنجح أبدًا، فالظلام يأتي دائمًا بالنهاية!"

يُقاوم عادل خوفه، يتذكر كلّ ما تعلّمه من "الجزيرة" عن الشجاعة والإيمان. يُردّد بصوتٍ قويٍّ: "لن أستسلم! سأحرّر هذه الجزيرة من شرّكم، وسأُنيرها بنور الخير."

تُهاجمه أرواح الشرّ بقوة، تُحاول سحبه إلى الظلام. يشعر عادل بالألم والرهبة، لكنّه يتشبّث بالأمل. يتذكر كلمات يتردد صداها في أذنه عن قوّة الحبّ والإيمان، ويبدأ في استخدام قوّته الداخلية لمقاومة الشرّ.

تتوهّج أضواءٌ خافتةٌ من يدي عادل، تُنير الظلام وتدفع أرواح الشرّ إلى الوراء. تتّسع المعركة، وتزداد شراسة، لكنّ عادل لا يتراجع. يُقاتل بكلّ ما أوتي من قوّة، مُصمّمًا على تحقيق هدفه.

فجأة، تُهاجمه ذكرياتٌ مؤلمة مزيفه. يرى وجه "علياء" مُلطّخًا بالدماء، ويسمع صرخاتها المُروّعة في حادث موت. يُصيبه الشلل، ويُسيطر عليه الخوف والفقدان.

"لاااااا!!" يصرخ عادل، ويتدحرج على الأرض.

في تلك اللحظة، يتذكّر عادل كلمات "العجوز" الأخيرة: "لا تتخلّ عن الأمل يا عادل.. لا تدع الظلام يسرق قلبك."

يُنهض عادل ببطء، ويُمسح دموعه. يُقرّر أنّه لن يستسلم لتلك الذكريات المزيفه، وأنّه سيُكمل مهمّته. يُجمع كلّ شجاعته، ويُعيد استخدام قوّته

الداخلية لمقاومة الشرّ. تُصبح أضواء عادل أكثر سطوعًا، وتُضيء المغارة بأكملها.

تُطلق قوى الشر صرخات مرعبة، وتظهر من بين الظلام أشكال مخيفة تُحاصره من كل اتجاه.

يبدأ صراع عنيف بين عادل وقوى الشر. يستخدم عادل كل ما تعلمه، لكن قوى الشر قوية ووحشية. تتطاير الأشجار من مكانها، وتتصاعد ألسنة اللهب من الأرض. يصرخ عادل بأعلى صوته، يدعو قوى الخير للمساعدة.

في لحظة حرجة، يتذكر عادل زهرة سحرية أعطتها له شجرة الأمل في بداية رحلته.

عادل: (يُمسك بالزهرة ويصرخ) يا رب ساعدني. ينبعث من الزهرة ضوء ساطع يُنير الجزيرة، ويُصيب قوى الشر بالوهن.

تُشرق الشمس على الجزيرة، وتُغسل عتمة الليل. ينظر من بعيد فإذا بزهرة جديدة تتفتح وغصن صغير ينمو انه الغصن الذى احضره الامل من الجزيرة المهجورة ينظر الى الامل بفرح لقد عادت شجرة التضحية تنمو من جديد. تخرج المشاعر في ذهول مما يحدث الاصوات تتعالى (بفرح) لقد تحرّرنا! لقد تحرّرنا من لعنة الشر! لقد فعلتها ياعادل... الجزيرة حرة الآن. يشعر عادل بسعادة غامرة، لكنّه يشعر أيضًا بالتعب والإرهاق.

يلاحظ الأطباء في المستشفى بعض المؤشرات الحيوية على جسد عادل. يعلنون عن تحسن حالته، ويخبرون العائلة التي تفرح بعودة الحياة إليه.

بدأ عادل في التعافي يومًا بعد يوم، مدعومًا بالرعاية الطبية المتخصصة وحب العائلة الذي لا ينتهي. تعافى ببطء، واستعاد قوته تدريجيًا، حتى وصل إلى الحالة التي سمحت له بمغادرة المستشفى أخيرًا.

لكن الحياة كانت تنتظره بمفاجآتها. كانت أولها، بأنه مضت ثلاث سنوات منذ تلك اللحظة المأساوية التي كاد فيها عادل يفقد حياته. والمفاجأة الثانية، هو فقدان جزء من ذاكرته، حيث لم يستطع أن يتذكر بعض الأحداث الهامة التي سبقت الحادثة المروعة.

وهكذا، وقف عادل أمام تحديات جديدة في حياته، مستعدًا لمواجهة آثار هذه التجربة الصعبة والعودة إلى حياته بكل قوة وإيمان بالمستقبل.

الفصل الثامن: ذكريات ضائعة

بعد مرور بضعة أشهر على تعافيه، بدأ عادل يستعيد بعضًا من قوته البدنية والنفسية. رغم أن الذاكرة لا تزال تلاعبه وتختفي منه بعض الأحداث والتفاصيل، كان يعرف أنه لا يستطيع البقاء في الظل أكثر. كان شغفه القديم بالعدالة ورغبته في أن يصبح محاميًا ناجحًا ما زالا يشتعلان بداخله، وكأنهما الشعلة التي ترفض الانطفاء رغم العواصف التي واجهها.

ذات صباح، بينما كان عادل يجلس في منزله المتواضع، نظر إلى الأوراق القديمة التي كانت تحتوي على ملاحظات دراسته الجامعية. لمعت عيناه ببريق من الشوق إلى قاعة المحكمة، إلى المرافعات والمواقف الحاسمة. قرر أن الوقت قد حان للبدأ في العالم الذي أحبه.

توجه عادل إلى مكتب محاماة صغير يديره المحامي "سامي"، وهو محامٍ كبير السن ومعروف بحكمته وخبرته في المجال القانوني. كان عادل قد تعرف عليه قبل الحادثة المروعة، وقد أخبره "سامي" أنه سيكون سعيدًا بتدريبه ودعمه في البدأ في ممارسة المحاماة.

دق عادل الباب بخفة، وفتح له "سامي" بابتسامة دافئة. كان المكتب بسيطًا، مليئًا بالكتب القانونية المتناثرة على الطاولات والأرفف.

"عادل! أنا سعيد برؤيتك سمعت أنك تعافيت تمامًا." قال سامي بلهجة مليئة بالتفاؤل.

ابتسم عادل ابتسامة خفيفة وأجاب: "شكرًا لك، أستاذ سامي. ما زالت بعض الأمور غير واضحة في ذهني، لكنني أشعر أنني مستعد للعودة... حتى لو كان الأمر صعبًا."

جلس عادل في المكتب، حيث قدم له سامي أول قضية للعمل عليها. كانت قضية بسيطة نسبيًا تتعلق بخلاف عائلي حول توزيع ممتلكات. لم تكن القضية كبيرة، لكنها كانت خطوة أولى لعادل في الساحة القانونية.

بينما كان يقرأ الوثائق، بدأت مشاعر الخوف وعدم الثقة تتسلل إليه. كان يشكك في قدرته على حل القضية، ويتساءل عما إذا كان لا يزال يملك المهارات اللازمة. تردد للحظة، لكن ذكرى صراعه مع أرواح الشرّ على الجزيرة عاد إلى ذهنه. "لقد واجهت الأسوأ، ولن أدع هذه الشكوك تعيقني الآن"، فكر مع نفسه.

مع مرور الأيام، استمر عادل في التدريب تحت إشراف الاستاذ سامي. كان يذهب إلى المحكمة ليشهد المرافعات، ويتعلم كيفية التحضير للقضايا وتحليل الوثائق القانونية. كان سامي يشجعه دائمًا ويعطيه نصائح قيمة. لكنه في الوقت ذاته كان يعلم أن عادل بحاجة إلى مواجهة تحديات أكبر ليستعيد ثقته الكاملة بنفسه.

في أحد الأيام، جاء إلى مكتب سامي ملف جديد يتعلق بقضية جنائية معقدة تتعلق بشاب متهم بارتكاب جريمة لم يرتكبها. طلب سامي من عادل

أن يتـولى المرافعـة في هـذه القضية تحـت إشـرافه. كانت هـذه هي الفرصـة التي يحتاجها عادل لإثبات نفسه.

ذات يـوم، وبينمـا كان عـادل يسـير عائـدًا مـن عملـه بعـد يـوم مرهـق في المحكمة، شـعر فجـأة بتغير في الجـو. الهـواء حولـه صار أثقل، وكأن المكان بأكمله قـد تحـول إلى فراغ عميـق. توقـف عـادل عـن السـير ونظـر حولـه، ليجـد الشـارع فارغًا تمامًا. لم يكن هناك أي صـوت، لا سيارات، لا أنـاس، لا شيء. فقط هو والفراغ الذي بدا وكأنه يمتد إلى ما لا نهاية.

بدأ قلبه ينبض بسرعة، وظهرت أمامه ظلال كانت أشبه بما رآه في الجزيرة. كانت تحـوم حولـه، تتحـدث بصـوت خافـت: "لقـد عـدت أيهـا المنتظـر... الرحلة لم تنتهِ بعد."

نظـر عـادل حولـه متفاجئًـا، لـم يكـن يتوقـع أن يتعـرض مـرة أخـرى لهـذه التجـارب. حاول أن يحـافظ على هدوئه، وقـال بثبـات: "ماذا تريدون مني؟ ألم تنتهِ قصتي معكم؟"

ظهـر كيـان من الظلام، أقوى وأشـد قسـوة مما واجهـه من قبل. كان عينيه تحملان ظلاما سرمديا كأنها أحجار من قعر جهنم.

"لقـد أثبـت قوتك في الجزيـرة، ولكن الآن... الآن عليك أن تواجـه الاختبـار الأخير. عليك أن تواجه خوفك الأكبر."

كان عادل يتنفس بصعوبة. "ما هو هذا الخوف؟ لقد واجهتكم جميعًا، ماذا يمكن أن يكون أقوى من ذلك؟"

ابتسم الكيان ابتسامة باردة وقال: "خوفك ليس فينا، بل فيك. الخوف من الفشل، الخوف من أن تكون غير كافٍ. عليك أن تواجه حقيقة ذاتك."

فجأة، تغير المشهد من حوله. وجد عادل نفسه في قاعة المحكمة مرة أخرى، لكنه لم يكن المحامي هذه المرة. كان هو المتهم، يجلس في قفص الاتهام. الحاضرون جميعهم ينظرون إليه بنظرات شك، ومن بينهم سامي وعائلته.

"عادل، أنت متهم بالفشل، بالعجز عن تحقيق ما وعدت به نفسك." كانت الكلمات تأتي من القاضي، الذي بدا وكأنه تجسيد للكيان الظلامي.

حاول عادل الرد، لكنه شعر بعجز غريب، وكأن كلماته قد جُمدت. كل مخاوفه التي حاول دفنها عادت لتطارده. "ماذا لو كنت قد خذلت الجميع؟ ماذا لو كانت هذه اللحظة هي النهاية؟"

كان قلبه ينبض بعنف، هذه المرة لم تكن مجرد معركة مع كائنات شريرة، بل كانت معركة مع نفسه. مع كل كلمة من الحضور، كان يشعر بأن هذا الاختبار هو الأشد صعوبة.

تردد صدى صوت العجوز في ذهنه: "أعظم معركة هي معركة المرء مع نفسه. لا تدع مخاوفك تهزمك."

استجمع عادل قوته، ووقف داخل قفص الاتهام، وقال بصوت متهدج لكنه مليء بالإصرار: "لقد خضت معارك كثيرة، لكن أكبرها هو مع نفسي. أتحمل مسؤولية أخطائي وأخاف الفشل، لكن هذا لا يعني أنني سأستسلم."

بدأ القفص يتلاشى، وبدأ المشهد حوله يتحول إلى نور. فجأة، وجد عادل نفسه واقفًا في وسط قاعة المحكمة، لكنه لم يعد متهمًا، بل المحامي الذي يدافع عن نفسه. "لن أسمح للخوف بأن يقيدني. سأمضي قدمًا، حتى لو كانت الطريق مليئة بالصعوبات."

تراجع الكيان الظلامي، واختفى تدريجيًا، تاركًا خلفه هدوءًا وسكينة. استفاق عادل من حلمه. كان جالسًا في مكتبه، وأمامه أوراق قضيته الجديدة. تنفس بعمق، وأدرك أن الاختبار الحقيقي لم يكن مع الظلام الخارجي، بل مع الظلام الداخلي الذي حاول دائمًا تجنبه.

ابتسم ابتسامة صغيرة، لأنه أخيرًا فهم الدرس. قد تكون هناك عقبات في المستقبل، وقد يخاف أحيانًا من الفشل، لكن الآن، هو مستعد للمضي قدمًا بكل شجاعة وثقة.

أمضى عادل ليالٍ طويلة في تحضير مرافعته، يدرس كل تفاصيل القضية ويبحث عن الثغرات في الأدلة المقدمة ضده. كان يعلم أن مصير الشاب يعتمد على قدرته في إثبات براءته، وهذا ما جعل ضغط المسؤولية أكبر.

وفي يوم المحاكمة، وقف عادل لأول مرة بعد الحادثة أمام القاضي في قاعة المحكمة. كان التوتر يسيطر عليه، لكن مع كل كلمة كان ينطق بها، كان يستعيد ثقته بنفسه تدريجيًا. قدم حججه بقوة وثبات، واستطاع أن يقلب الأدلة لصالح المتهم، مما أدى إلى براءته.

عندما أعلن القاضي الحكم، شعر عادل باندفاع هائل من الفخر والارتياح. كان يعلم أن هذا الانتصار ليس فقط لشاب بريء، بل كان أيضًا انتصارًا على الشكوك والمخاوف التي كانت تعتريه. ومن تلك اللحظة، عرف عادل أنه لا شيء سيوقفه مجددًا.

أثناء انغماس عادل في أوراق القضايا في يومًا ما في ارواق المحكمة، سمع صوتاً مكتومًا ينبعث من أحد أركان الرواق. التفت ليرى رجلاً مسنًا يجلس على مقعد خشبي، وجهه شاحب وعيناه حمراوان من البكاء. كان الرجل يمسح دموعه بكم قميصه، ويبدو عليه اليأس والألم.

اقترب عادل منه بحذر، ووضع يده بلطف على كتفه. "هل هناك شيء يمكنني فعله لمساعدتك؟" سأل بصوت هادئ.

رفـع الرجـل عينيـه، وهمـا تتألقـان بالـدموع. "ابنتي.. ابنتي.. اتهمـوا ابنتي بالشغب والتظاهر، وألقوا القبض عليها ظلماً. هي فتاة طيبة، لا تفعل مثل هذه الأمور." صوته كان يرتجف من البكاء.

أصيب عادل بالحزن لسماع قصة الرجل. "لا تقلق يا سيدي، أخبرني بكل التفاصيل. سأفعل كل ما في وسعي لمساعدتك."

بـدأ الرجـل يـروي لعـادل قصـة ابنتـه، وكيـف كانت طالبـة مجتهـدة تحلـم بمسـتقبل مشـرق. ثم روى كيـف وقعـت في فخ التهمـة، وكيـف أنـه يشـعر بالعجز عن مساعدتها.

استمع عادل باهتمام شديد، وعندما انتهى الرجل من حديثه، قال له: "لا تقلـق، سـأتولى قضـيتك شخصـيًا. سـأبذل قصـارى جهـدي لإثبـات بـراءة ابنتك وإطلاق سراحها."

شـعر الرجـل بالارتيـاح لسـماع كلام عـادل، وشـعر بالأمل يتجـدد في قلبـه. شكر عادل على كرمه ووعوده، ثم توجه عادل إلى قاعة المحكمة لحضور الجلسة.

يدخل عـادل بخطـوات ثابتـة، يمسك بملف القضية بيديه، ينظر حولـه وهو يتجه إلى مقعده. الجو في القاعة مشحون بالتوتر، الحضور يتابعون بترقـب. الإضـاءة الخافتـة تضـفي على القاعـة جـوًا مـن الجديـة والرتابـة. همهمـات المحـامين، طقطقـة الأقـلام، وصـوت القاضـي الحـازم. وجـوه

المتقاضـين تحمـل مزيجًـا مـن القلـق والأمـل، والمحـامين يبـدون مركـزين في أوراقهم.

الحاجـب: (بصـوت عـالٍ) قضـية رقـم 1453، المتهمـين: المتهم الأول، الثـاني، الخامس (علياء عمر).

عادل: (يتجمد للحظة، الصوت يرن في أذنه... (يرى ذكرى فتاة تسقي الزهور في حديقة) هل أعرفها؟ ما هذه الذكريات؟

تدور ذكريات متقطعة في رأس عادل، يرى صـورًا غير واضحة لعلياء تسقي الزهور، تبتسـم له. يشـعر بالصداع يزداد حدة.

القاضي: (بصوت حازم) اتفضل يا أستاذ.

عادل: (يمسك رأسه بيده، يحاول التغلب على الصداع) لحظة واحدة، هل هذا صداع أم ذكريات؟

القاضي: (بصـوت أعلى) أستاذ، اتفضل.

عادل: (ينتبه فجأة، يحاول استعادة تركيزه) نعم، سيدي القاضي.

القاضي: هل لديك أي طلبات؟

عـادل: (بثبـات) نعـم، سـيدي القاضـي. أطلـب أجلاً للاطلاع على القضية والأوراق بشكل أكثر تفصيلاً.

القاضـي: (ينظـر إلى عـادل بتقيـيم) حسـناً، سـيتم تأجيـل الجلسـة لمـدة أسبوع.

الحاجب: (بصوت عالٍ) الجلسة مؤجلة لمدة أسبوع.

عادل: (يخرج من القاعة وهو يشعر بالارتباك) ماذا حدث لي؟ لماذا تذكرت هذه الفتاة؟

عادل: (يتحدث لنفسه) علياء عمر... لماذا يبدو الاسم مألوفًا؟ هل هي جزء من ذكرياتي الضائعة؟

يمر بجانب الرجل الكبير الذي يجلس في الخارج بانتظار عادل.

الرجل الكبير: (بقلق) أستاذ عادل، هل ستتمكن من مساعدة ابنتي؟

عـادل: (بابتسـامة مطمئنـة) نعـم، سـأفعل كل مـا بوسـعي. لكني بحاجـة إلى الوقت للاطلاع على كل التفاصيل.

الرجل الكبير: (بتنهد) شكراً لك. أعلم أنها بريئة.

عـادل: (يجلـس في مكتبـه، يفتـح الملـف ويبـدأ في قـراءة التفاصيـل) عليـاء عمر... (يرى صورًا في الملف، يتوقف عند صورة علياء) هل هي نفسها الفتاة التي في ذكرياتي؟

الأستاذ سامي: (يدخل المكتب) عادل، كيف كانت الجلسة؟

عـادل: (بتفكير) كانت مضطربة بعض الشيء. طلبت أجلاً للاطلاع على القضية.

الأستاذ سامي: (بابتسامة) تصرفت بحكمة. أحيانًا، الوقت هـو كـل مـا نحتاجه لفهم الأمور بوضوح.

عـادل: (بنبرة تأمليـة) هنـاك شيء مألوف بشـأن هـذه الفتـاة، أشـعر أنني أعرفها من قبل. هل يمكن أن تكون جزءًا من ذكرياتي التي فقدتها؟

الأستاذ سامي: (بتفكير) قد يكون. اترك الوقت يكشـف لك الحقيقة. ركز على القضية وستتضح الأمور تدريجيًا.

عـادل: (يعمل بجد، يجمع الأدلة ويستمع لشهادات الشهود) يجب أن أثبت براءتها. شيء ما في داخلي يقول إنها بريئة. تتدفق ذكريات متقطعة خلال عمله، يرى علياء في أماكن مختلفة، يتحدث معها ويشـعر بأن هناك رابط قوي بينهما.

بعـد يـوم شـاق في المكتـب، عـاد عـادل إلى المنزل منهكًا، لكنـه فـوجئ برؤية صـديقه أشـرف وبعض زملاء العمل القدامى حيث كان يعمل في مضرب الأرز، ينتظرونه في غرفة الجلوس. كانت الأجـواء مرحـة، والأحاديث تتنقل بين الذكريات والقصص القديمة.

أشرف: (بابتسامة عريضة) ها، أخيرًا جئت! كنّا في انتظارك.

زملاء العمل: (بصوت واحد) عادل! كيف حالك؟ حمدا لله على سلامتك.

عادل: (يبتسم) يا أهلاً وسهلاً! كيف حالكم جميعًا؟ لم أكن أتوقع هذه المفاجأة.

الجميع يجلسون حول الطاولة، يتبادلون الأحاديث والضحكات، يستعيدون ذكريات الأيام التي قضوها معًا في مضرب الأرز. كانت الضحكات تتعالى والقصص تُروى بحماسة، كل واحد منهم يتذكر موقفًا طريفًا أو صعبًا مروا به معًا.

أشرف: (بنبرة مازحة) تفتكر أيام ما كنا نقضي الليل كله نعبئ الأرز ونخطط لأشياء عظيمة؟

عادل: (يضحك) آه، وكيف ننسى! كانت تلك أيامًا صعبة لكن ممتعة. ولكنى فقدت جزأ كبيرا من ذكرياتى للأسف.

أشرف: (بابتسامة ماكرة) عادل، انت فاكرني أصلاً؟

عادل: (يضحك) لا مش فاكر ولا عايز أفتكرك.

أشرف: (يضحك) طيب، وعلياء؟ تفتكرها؟

فجأة، يتجمد عادل، وعيناه تتسعان دهشة. "علياء؟" يسأل بارتباك.

أشرف: (يقترب منه بجدية) نعم، علياء. الفتاة التي كنت تتحدث عنها طوال الوقت. كنت متيمًا بها.

عادل: (بصوت متهدج) أشرف، أحتاج أن أعرف كل شيء. ماذا تتذكر؟

بدأ أشرف يروي لعادل قصته مع علياء، وعن حبه لها

أشرف: (بتأمل) أتذكر مرة كنت تقول إنها ستكون دائمًا جزءًا من حياتك.

عادل: (يحاول استرجاع الذكريات) أتذكر أجزاء متفرقة... لكن ليس كل شيء. تبدو لي وكأنها صور غير مكتملة.

أشرف: (بتشجيع) لا تقلق، كل شيء سيعود تدريجيًا. فقط عليك أن تعطي نفسك الوقت.

عادل: (بهمس) أشعر أنني أعرفها، أشعر بأنها جزء مني. لكن الذكريات غير واضحة.

أشرف: (بابتسامة مطمئنة) المهم الآن أنك تعرف الحقيقة. ستجد الطريق لاستعادة كل شيء.

بعد مغادرة الأصدقاء، يجلس عادل في غرفته، يحمل صورة علياء التي وجدها في الملف. يشعر بأن هناك الكثير لا يزال مفقودًا، لكنه الآن لديه بداية ليكتشف ماضيه ويعرف علاقته بعلياء.

عادل: (ينظر إلى الصورة) علياء، سأكتشف كل شيء. سأستعيد ذكرياتي وأعرف ما الذي جمعنا معًا.

بدأ عادل في البحث عن الأدلة والبراهين لإثبات براءة علياء. كانت المهمة شاقة، مليئة بالصعوبات والتحديات. زار العديد من الشهود، استعرض تسجيلات الفيديو، وحاول ربط الأحداث ببعضها.

عادل: (يعمل ليلاً ونهارًا) يجب أن أجد دليلاً يقلب الموازين. علياء لا تستحق أن تُسجن ظلمًا.

واجه عادل العديد من العقبات. بعض الشهود رفضوا التعاون، والبعض الآخر كان يخشى التحدث. ومع ذلك، لم يستسلم.

أخيرًا، وجد عادل دليلًا هامًا: تسجيل فيديو يظهر بوضوح أن علياء كانت بعيدة عن موقع الشغب في وقت حدوثه. كانت مع مجموعة من الطلاب في مكتبة الجامعة، تدرس بهدوء.

عادل: (بابتسامة انتصار) هذا هو الدليل الذي كنت أبحث عنه. الآن، يمكنني إثبات براءتها.

في يوم الجلسة، كان عادل يقف أمام القاضي برباطة جأش، ممسكًا بملف القضية وبالأدلة التي جمعها.

عادل: (بصوت حازم) سيدي القاضي، السادة الحضور. اليوم، أقدم أمامكم قضية ليست كباقي القضايا. إنها قضية فتاة بريئة، اتهمت ظلمًا بالشغب والتظاهر. (يبدأ بعرض الأدلة والشهادات التي جمعها)

عادل: (بحماس) لقد قدمت لكم اليوم دليلًا قاطعًا يثبت براءة موكلتي، علياء عمر. هذه الفتاة لم تكن في موقع الأحداث، بل كانت في مكان آخر تمامًا، تدرس وتسعى لتحقيق أحلامها. (يتوقف لحظة، ينظر إلى الحضور)

عادل: (بصوت مؤثر) سيدي القاضي، إن العدالة ليست مجرد قوانين وأحكام. إنها روح الإنسانية، إنها الأمل في مستقبل أفضل. اليوم، نطلب منكم أن تعيدوا لعلياء حريتها، أن تعيدوا لها كرامتها. دعونا نكون منصفين، أطلب منكم النظر إلى الأدلة بعيون العدالة، والحكم ببراءة علياء عمر. دعونا نعيد لها حقها في الأمل، وحقها في الحلم. الجميع في القاعة ينظرون بإعجاب إلى عادل. كان قد ألقى مرافعة ستبقى في الأذهان طويلاً.

القاضي: (بهدوء) سننظر في الأدلة المقدمة، وسنعلن الحكم في نهاية الجلسة.

الحاجب: (بصوت عالٍ) رفعت الجلسة

كانت القاعة ممتلئة بالحضور والإعلام. الجميع كان ينتظر بفارغ الصبر ما سيتخذه القاضي من قرار.

القاضي: (بصوت حازم) بعد مراجعة الأدلة والشهادات، والتفكير بعمق في كل جوانب القضية... (يتوقف للحظة، الجميع يحبسون أنفاسهم).

القاضي: نعلن براءة علياء عمر من جميع التهم الموجهة إليها.

الفصل التاسع: النصر وعودة الذكريات

انفجـرت القاعـة بالتصـفيق الحـاد، وكأنهـا صـرخة فـرح عارمـة. أضـواء الكاميرات تومض كالنيران، تلتقط كل لحظة من هذا الاحتفال التاريخي. كان عادل يشعر وكأنه يطفو على سحابة من السعادة. عيناه مثبتتان على علياء التي كانت تبكي من الفرح، دموعها المتلألئة كأحجار كريمة تعكس كل المشـاعر التي لا تسـتطيع الكلمـات التعبير عنها. في تلك اللحظة، شـعر بأن حياته قد اكتملت.

مـع تـوالي الفلاشـات، بـدأت الـذكريات تتـدفق إلى ذهـن عـادل. كل صـورة تُلتقط تعيد له ذكرى من ماضيه مع علياء.

انـدفع عـادل بسـرعة نحـو علياء التي كانـت تقـف مـع والـدها، تحـاول استيعاب حقيقة إطلاق سراحها.

عادل: (بشغف) علياء!

علياء: (تنظر إليه بدهشة) عادل؟

عادل: (بعيون مليئة بالدموع) أتذكر كل شيء الآن. كنتِ دائمًا جـزءًا مني. لم أنساكِ أبدًا.

علياء: (بصوت متهدج) عادل، لم أتوقع أبدًا أن تكون أنت من يدافع عني. لقد أنقذتني.

عادل: (يمسك بيديها) كنت أعلم في داخلي أنك بريئة، وكان عليّ أن أثبت ذلك. أعتذر لأنني لم أكن هناك من البداية، لكن الحمد لله أنني جئت في التوقيت المناسب.

علياء: (بدموع) كنت أعلم أنك ستعود لي يومًا ما. شكراً لك، عادل.

عادل: (بنبرة حنونة) دعينا نبدأ من جديد. نحن نستحق فرصة جديدة، حياة جديدة.

تبادلوا الحديث والدموع والحنين، مسترجعين كل اللحظات الجميلة التي قضوها معًا، ووعدوا بعضهم بالبقاء معًا والدفاع عن حقوق الآخرين.

بينما كان عادل وعلياء يتحدثان، جاء والد علياء نحوهم، وجهه مشرق بالامتنان والسعادة.

والد علياء: (يربت على كتف عادل) شكرًا لك، يا بني. لقد أنقذت ابنتي، ولا يمكنني أن أصف لك مدى امتناني.

عادل: (بخجل واحترام) كان واجبي، يا عمي. أنا سعيد بأنني تمكنت من إثبات براءتها.

عادل: (يتردد قليلاً، ثم يقول بثبات) يا عمي، لدي طلب. هل تقبل أن أطلب يد علياء للزواج؟

والد علياء: (يبتسم بحنان) بالطبع، يا بني. لقد أثبت أنك تستحقها. أبارك لكما من كل قلبي.

علياء: (تدمع عيناها من الفرح)

تضج القاعة بالفرح والزغاريد، ويبدأ الجميع في الاحتفال بهذا الخبر السار. تتجمع الصحافة حولهم، والكاميرات تلتقط لحظات الفرح والتأثر.

الصحفيون: (يهتفون) تهانينا! تهانينا!

بعد الاحتفالات، يخرج عادل وعلياء من قاعة المحكمة، محاطين بأصدقائهم وأحبائهم. يملأ الأمل قلوبهم، ويبدأون في التخطيط لمستقبل مشرق معًا.

عادل: (بابتسامة واسعة) لدينا الكثير لنفعله، علياء. هذه هي بداية فصل جديد في حياتنا.

علياء: (بحماس) نعم، وسنواجه كل التحديات معًا.

بابتساماتهم ونظراتهم المليئة بالحب، بدأ عادل وعلياء رحلتهما الجديدة، تاركين خلفهما كل الظلم والألم، ومتجهين نحو مستقبل مشرق ومليء بالحب والأمل.

بعد أيام قليلة من الاحتفال بالبراءة والخطوبة، قرر عادل زيارة بيت علياء. كانت الحديقة واسعة وجميلة، تملؤها الزهور المختلفة التي تعكس حب علياء للطبيعة.

عادل: (يتجول بين الأزهار، يلمس برفق إحدى الزهور) يا لها من حديقة رائعة.

بينما كان يتجول، لفتت انتباهه زهرة شبيهة بتلك التي صادفها في الجزيرة. انحنى إليها، وأخذ يتحدث معها بهدوء.

عادل: (بصوت منخفض) أذكر أنني رأيت زهرة مثلك في تلك الجزيرة العجيبة. كانت تلهمني بالأمل. لكني الان امتلك اجمل زهره

وفجأة، ظهرت فراشة شبيهة بتلك التي استقل ظهرها في الجزيرة، لكنها أصغر بكثير. كانت ترفرف بأجنحتها الجميلة وكأنها تهنئه على الزواج والنجاحات التي حققها.

عادل: (بابتسامة) ها أنتِ هنا أيضًا؟ أتذكرينني؟

بينما كان عادل مستغرقًا في حديثه مع الزهرة والفراشة، ظهرت علياء من خلفه، مبتسمة.

علياء: (بمرح) حبيبي، هل أصبحت تتحدث مع الورود الآن؟

عادل: (يستدير نحوها ويبتسم) نعم، انه شيء لم يطوه النسيان. لدي قصة طويلة سأحكيها لكِ.

علياء: (بمرح) حبيبي، هل أصبحت تتحدث مع الورود الآن؟

عادل: (يستدير نحوها ويبتسم) نعم، إنه شيء لم يطوه النسيان. نحن كالأشجار، نبدو ثابتين، شامخين، جذورنا تُحارب في الظلام، تتشبث بالتربة، تبحث عن ماء الحياة وأغصاننا تمتد نحو السماء طلبًا للنور. لدي قصة طويلة سأحكيها لكِ.

الفصل العاشر: عودة للمعركة الأخيرة

عاد عادل إلى حياته العادية بعد مواجهاته السابقة مع الظلام والكيانات الغامضة في الجزيرة، لكن هناك شيء عميق بداخله كان يخبره أن الأمور لم تنتهِ بعد. في أعماق قلبه، كان يشعر بأن معركة أخيرة تنتظره، وأن الأسرار التي تخبئها الجزيرة لم تُكشف جميعها. كانت الهمسات تتردد في ذهنه، تذكره بالرسالة الغامضة التي لم يفهمها بعد: " حاتفملا نع ثحبلا".

المشهد الأول: الرسالة الغامضة

في صباح هادئ، وبينما كان عادل يحاول التكيف مع روتينه المعتاد، وصلت إليه رسالة غريبة. كانت مختومة بالشمع الأحمر، وتحمل نقوشًا ورموزًا قديمة، تشبه تلك التي رآها على جدران الجزيرة. لم يكن هناك أي مرسل أو عنوان واضح.

فتح الرسالة بحذر، وكانت بداخلها كلمات قليلة لكنها قوية:

"المعركة لم تنتهِ بعد. المفتاح ينتظرك في قاعة العجائب."

ارتجف قلبه. "المفتاح؟" تذكر خلال رحلته الأولى في الجزيرة كيف كان يسمع همسات عن "المفتاح"، لكن لم يكن يعرف ما تعنيه. كانت هناك شائعات عن مكان سري يُسمى "قاعة العجائب"، قيل إنها تحتوي على

القوة الحقيقية التي تتحكم في كل شيء على الجزيرة. لكنه لم يتمكن من الوصول إليها في رحلته السابقة.

عرف أن الرسالة تحمل أهمية أكبر مما تبدو عليه. هذه ليست مجرد دعوة للعودة إلى الجزيرة، بل كانت تحديًا جديدًا، لاكتشاف "المفتاح" الذي طالما تردد في ذهنه.

المشهد الثاني: العودة إلى الجزيرة

وصل عادل إلى الجزيرة مرة أخرى مع هبوط الليل، لكنه شعر أنها لم تكن كما تركها. الأشجار كانت أكبر، والرياح تحمل همهمات خافتة تحمل معاني غامضة. الأرض تحت قدميه بدت وكأنها تعرفه، وكأنها تنتظر عودته.

توجه إلى قلب الجزيرة، إلى الغابة المحظورة حيث يعتقد أن قاعة العجائب توجد. كان الطريق مليئًا بالعقبات، لكنه كان هذه المرة أكثر استعدادًا. بينما كان يسير في الغابة المظلمة، بدأت الأرواح القديمة تظهر أمامه. لم تكن مثل الأرواح التي واجهها من قبل؛ كانت أكثر حكمة، أكثر قوة، لكن أيضًا أكثر غموضًا.

بين الهمسات التي ترددت حوله، تكرر صوت واحد:

" حاتفملا نع ثحبلا..."

توقف عادل لوهلة، وكأنه أدرك أن هذه الجملة لم تكن مجرد تلميح. كانت هي الجواب الذي كان يبحث عنه. المفتاح لم يكن شيئًا ماديًا، بل كان الحل، كان الفهم. الآن، فقط عليه اكتشاف ما يمثله هذا المفتاح وكيف سيستخدمه.

الأرواح همست مرة أخرى: "أنت هنا... لكنك لست مستعدًا بعد."

لكنه لم يتراجع. عادل كان يعلم أن هذه المرة، كان عليه إكمال ما بدأه. تقدّم إلى الأمام، وقال بثقة: "أنا هنا لأكمل ما بدأته. سأجد المفتاح."

المشهد الثالث: قاعة العجائب

بعد ساعات من السير، وجد عادل مدخلاً مخفيًا خلف شلال ماء. كان المدخل محفورًا في الصخر، وعليه نفس الرموز التي رآها على الرسالة. تنفس بعمق ودخل.

قاعة العجائب كانت مختلفة عن أي شيء رآه من قبل. كانت مضاءة بنور خافت ينبعث من الجدران نفسها، وكأنها تحمل بداخلها أسرارًا لا تُفصح عنها إلا لمن يستحق. كانت هناك تماثيل قديمة، ومخطوطات متناثرة، وكأن هذا المكان هو نقطة تجمع لكل القوى الغامضة التي تسكن الجزيرة.

وفي منتصف القاعة، كان هناك عرش حجري ضخم. وعلى العرش، جلس كيان لم يكن بشريًا، ولم يكن شبحيًا. كان تجسيدًا للقوة والسلطة، عيناه تلمعان ببريق لا يوصف.

"أخيرًا جئت، عادل." قال الكيان بصوت هادئ لكنه مهيب. "لقد انتظرت طويلاً لهذه اللحظة."

وقف عادل بثبات وقال: "أعلم أنك تتحكم في كل شيء هنا. أريد أن أعرف الحقيقة. لماذا كل هذا؟ ولماذا أنا بالتحديد؟"

ابتسم الكيان وقال: "أنت لم تكن مجرد زائر لهذه الجزيرة، بل كنت جزءًا منها منذ البداية. كل من يأتي هنا يأتي لسبب. وهذه الجزيرة اختارتك لأنك

تحمل في داخلك القوة التي تحتاجها للتغلب على الظلام والعثور على المفتاح."

كان حديث الكيان غامضًا، لكنه أثار فضول عادل أكثر. "ما هي هذه القوة؟ وكيف أستطيع استخدامها؟"

أجاب الكيان: "قوة النور والظلام موجودة في داخلك. المعركة الحقيقية ليست في مواجهة الكيانات أو الأرواح، بل في مواجهة نفسك. في قبول الجزء المظلم منك بقدر ما تقبل الجزء المضيء."

في تلك اللحظة، فهم عادل. المعركة الحقيقية لم تكن مع الأرواح أو الظلال، بل كانت مع ذاته، مع شجونه ومخاوفه. كان عليه أن يتعلم كيف يقبل كل أجزاء نفسه ليتمكن من الوصول إلى القوة الحقيقية.

المشهد الأخير: القرار النهائي

بعد أن واجه الكيان في قاعة العجائب، شعر عادل بأنه أقوى من أي وقت مضى. لكنه كان يعلم أن اختياره الآن سيحدد مصيره. كان بإمكانه العودة إلى حياته العادية، أو أن يختار أن يكون حاميًا للجزيرة، الشخص الذي يحافظ على توازن النور والظلام.

اختفى الكيان ببطء، تاركًا خلفه نورًا ساطعًا يملأ المكان. وعندما خرج عادل من قاعة العجائب، كان يعلم أن هذه الجزيرة قد أصبحت جزءًا من

حياته للأبد، وأنه مهما حدث، سيكون هو الشخص الذي يحافظ على التوازن بين النور والظلام.

"أصبح الأمر واضحًا لعادل الآن. لم يكن الظلام الذي واجهه في الجزيرة مجرد كيان خارجي. أحيانا كان جزءًا من رحلته الداخلية.

مستعد لمواجهة كل تحدٍ قادم.

لا يعرف الخوف طريقا لقلبه. يبدو أن المواجهة الحقيقية كانت دائمًا مع ذاته. نضاله كان ضد مشاعره وخوفه من المجهول. قدّم له الفهم الجديد القوة التي كان يحتاجها. ذاته أصبحت الآن أكثر توازنًا".

انتهت المعركة، لكن الرحلة لم تنتهِ.

نبذة عن المؤلف

أنا سمير سيف، مستشار قانوني ومؤلف، شغفي بالقانون والأدب هو ما دفعني دائمًا للبحث عن طرق جديدة للتعبير عن أفكاري ورؤيتي. مواطن مصري، حصلت على درجة الليسانس في الحقوق من جامعة المنصورة، لكن منذ البداية كان حبي للكتابة هو ما منحني الفرصة للتواصل مع الآخرين بطريقة أعمق، سواء في مجال القانون أو تطوير الذات.

بين عملي كمحامٍ وبين مسيرتي الأدبية، أجد نفسي دائمًا في رحلة مستمرة لتقديم شيء مفيد وملهم. الكتابة بالنسبة لي ليست مجرد كلمات، بل وسيلة لنقل المعرفة والقيم التي أؤمن بها، مثلما أحرص على تقديم الأفكار التي تساعد الآخرين على النمو والتطور الشخصي والمهني.

من بين كتبي، "رواية القصص للأعمال" و"معافر: تعلم مهارات المستقبل" تجدون جزءًا من رحلتي مع الإلهام والتحفيز. في تلك الكتب، أشارك أفكاري وأدواتي التي أؤمن بأنها تساعد الناس على تخطي التحديات والاقتراب أكثر من أحلامهم.

أنا هنا، ليس فقط كأحد المحامين أو المؤلفين، بل كصوت يسعى لإيصال رسالة مفادها أن الكلمات قوة، وأن كل شخص فينا يمتلك القدرة على تحويل تحدياته إلى فرص، وعلى تحقيق أحلامه.